د. جُمان الريحاني

رواية

حمدان

عشقٌ من مملكة الريحان

رسم جُمان الريحاني

الطبعة الثانية: 2024

ISBN: 9798224357451

إهـداء ..

إهداء المشاعر إلى الحب وروح الحب

إلى القلوب النقية صافية الذهب

تلمع ناصعة وغالية الثمن قيمة ومعنى ككنوزٍ رجال العرب

إلى الحب في الماضي، ورائحة الحب في الحاضر ، وأمل
الحب في المستقبل.. يا حب

إلى النساء والبنات العاشقات بحق، ولو بصمت..

ولو البوح هرب

إلى قلوب الرجال التي لازالت تنبض بالطهر والعمق،
وكرم كعنقود وكأس العنب

جُمان الريحاني

حمد

كان يا ما كان في أحد الأزمان، قد يكون زمنا بعيدا أو قريبا من هذا الزمان، زمنٌ غير معلوم، وقد يُوَازِي زَمَنَنَا الآن، قد كان في ذلك الزمان مكان كالجنان، مكان يقطنه البشر بني الإنسان.

جنة على الأرض ولكنّها تشبه إلى حدٍّ كبير جنَّة الجِنَان، بديع تصوير الرحمن، حيث الإنس مع الجان.

في هذه البقعة من الأرض كان يعيش قومٌ من العَرَبِ الأشراف، أسياد تلك الأرض في ذلك الزمان.

شاءت الصُدَف أن تجتمع عوالم وأرواح لتُولد لنا رواية عشقٍ من مملكة الريحان، مملكة كانت تعج بالحياة كمملكة النحل الطنان، ولكنها اختفت بأسباب الحقد والأضغان.

فلنغوص في البحار الزمردية لنواكب العشق من مملكة الريحان من بزوغ فجره إلى حين الغروب حبا، أو شروق شمس الحب ضياء يملأ الكون بريقا ولمعانا تعكسه العيون العاشقة..

من عالم الخيال الذي لم نكن نعلم أنه واقع وليس مجرّد خيال، تطابق هذا العالم مع عالمنا على شاطئ إحدى مدن الخليج العربي حيث كان يعيش **"حمد"** هذا الشاب العربي الخليجي الوسيم والمحترم .

حمد شاب طيب و خلوق في الثلاثينيات من العمر، كان يعيش مع عمه بعد وفاة والديه في حادث سير خلال رحلتهما إلى بلد آخر، فأخذه عمّه لعيش معه في مزرعته، ولكن العم كان يعاني من مرض جعله يلازم الفراش ويستهلك الكثير من الأدوية، فكان **حمد** هو من يعتني بعمه الكهل المريض ويكد في المزرعة من أجل الغذاء وبقية المصاريف، ولكن الأدوية كانت غالية وهذا ما جعلهم يبيعون الأحصنة التي كان العم يمتلكها الواحد تلو الأخر وقد أفلست المزرعة ولم تعد تغطي حتى تكاليفها.

تعلم **حمد** من عمه قبل أن يمرض كيفية الاعتناء بالأحصنة وحسن تسيير المزرعة، وأخذ عنه حب الخيل والفروسية فكان خيالا جيدا، شغوفا بعمله ومحبا للفروسية بشكل كبير.

بعد كل هذه الظروف لم يبق في المزرعة إلا ثلاثة أحصنة، أفلست المزرعة وتدهورت حالتهم المادية

فقرر حمد وبعد التفكير أن يقوم بإعطاء دروس لتعلم ركوب الخيل وهذا لكي يساعد نفسه وعمه ويتكفل بالمصاريف.. وفعلا أصبح يقوم بتعليم من يحبون الفروسية وبعض الأطفال ولكن لم يكن هناك الكثيرون مَمَنْ يريدون أو يُقبلون على التعلم، فقد كانت الظروف المعيشية ليست جيدة جدا في كل المدينة وخاصة بعد سوء الحالة الاقتصادية للمدينة ككل.

المدينة التي كان يقطن فيها حمد مدينة ساحلية، وأكبر مورد تعتمد عليه كان المورد المائي ولكن الأحوال الجوية كانت شديدة التقلب في السنوات الأخيرة مما جعل الظروف تسوء .

حمد شاب هادئ وحساس، كان متنفسه الوحيد من ظروف حياته هو ذهابه على فرسه**"جوداء"** إلى الشاطئ وقت الغروب، يحب حمد كثيرا المشي على الشاطئ، والجلوس أحيانا يتأمل الشمس التي قررت الذوبان والانغماس في أحضان البحر بدون تردد أو

خوف، فبقدرِ شساعة البحر وعرضه بقدر حُبُّ الشمس لعمقه، لا تخاف على لهيبها أن ينطفئ بل في شوق للشوق أن يختفي، بوصلٍ واندماجٍ لا فصلٍ واشتقاق.. شَمْسٌ تُحِبُّ البَحْرَ إذ يعكس صورتها في عيونه لوحدها.. وبحر يحب شمسا تزيد دفئه وتغلي شريانه..

حمد وحيد بين العاشقين للحب يتأمل، ويحمل في صدره قلبا كبير الأمل ..

كان يحب كثيرا المشي على الشاطئ هو وفرسه، ويداعب الرمال المبللة على أطراف الشاطئ برجليه العاريتين،

هذه النزهات اليومية إلى الشاطئ كانت تعطيه الأمل في غدٍ جميل، وتبعث في نفسه الهدوء والطمأنينة والراحة.

في أحد الأيام تأزمت أحواله المادية، ولم يعد أحد يقصد المزرعة من أجل تعلم ركوب الخيل، منذ فترة من الوقت.

حمد وهدية الصبر

كان حمد يمشي على الشاطئ حائرًا مهمومًا، يفكّر في كلّ حياته، وتفاصيلها، ومعاناته على مدى السنوات، كانت الفرس **"جوداء"** في هذا اليوم تتصرف بشكلٍ غريبٍ، كما أنه يبدو عليها وكأنها تشعر ببعض التعب.

فجأة توقفت الفرس عن المشي، وأبت أن تتحرك، كلمها حمد وحثها على متابعة المسير، وحاول معها مخاطبا لها بلهجته الحنون، ولكن الفرس جامدة في مكانها لا تتحرك، فترجّل حمد من على ظهر الفرس، وما إن وضع قدمه على الأرض، وهو شارد الذهن قليلا لأنه دوما في حالة تفكير متواصل، حتى أحسّ بشيءٍ تحت قدمه وخَزَهُ، ولكنّه أيضا سمع صوتا يَئِنُّ، وكأنه صوت فتاة تتألم، فنظر تحت رجله غير منتبهٍ لما سمعه، فوجد صدفة كبيرة، كان قد وضع رجله عليها، فراح يخاطبها ويقول:

آهٍ أيتها المسكينة، هل آلمتك؟.. يبدو أنني آذيتك من غير أن أقصد..

أنا آسف.

ومسح عليها بيده مَسْحَةً حنونة، ثم قبّلها

وقال: أرجوكِ، سامحيني لم أقصد أذيّتكِ أبدا، لا تقلقي سوف أعيدك إلى مكانك الآمن .

وقام برمي الصدفة في عُرْض البحر.

وما إن التفت وراءهُ، ومن دون أن يشعر، حتى وجد وراءه فتاة غاية في الجمال ، فقالت له:

مساء الخير يا سيد..

فقال لها: أهلا بك، اعذريني، لم أشعر أن هناك أحد غيري في هذا المكان .

انتبه حمد لجمال الفتاة الظاهر ولكنه لم يستطع أن يسألها الكثير من الأسئلة التي خطرت في باله، ولكنّ

الفتاة والتي كانت جامدة في مكانها لا تستطيع رفع عينيها على حمد أو في عينيه بالذات، أخبرته بأنها لوت كاحلها بكل خجل وحياء.. فطلب منها امتطاء الفرس "جوداء" لكي يوصلها إلى بيتها، ولكن حمد وفي قرارة نفسه لم يكن يريد للطريق أن تنتهي، أخبرته الفتاة في حوار دار بينهما أن اسمها "آن"

وأخبرته أنها أجنبية وهذا ما أثار دهشته لأنها تجيد اللغة العربية بطلاقة، لذا كان حمد شبه متأكد من أن أحد والديها عربي.. بالتأكيد، ولكنه تفاجأ حين عرف العكس.

ارتاح كل منهما للآخر وراح يسرد عليه تفاصيل حياته، وكانت المسافة لكي يوصل الفتاة لبيتها لا تنتهي، أخبرته "آن" أن والدها أجنبيان، والدتها روسية ووالدها فرنسي، توفيا وهي صغيرة.

وعندما توفي والداها أخذتها عمتها وزوجها الايطالي إلى لندن وعاشت هناك، ولكنها في الجامعة

درست الأدب الاسباني، وعندما أنهت الشهادة درست ماجستير ترجمة للغة العربية وهذا ما جعلها تحب هذه اللغة، وخاصة أنها تحب الخط العربي وتتعلمه فهي تراه يستحق أن يكون محور لوحات فنية، فهو فن قائم بذاته وله جمال فني منفرد، وبعد أن أكملت الماجستير أتيحت لها فرصة القدوم إلى هذا البلد العربي لكي تُدَرِّسَ في الجامعة، وهي تحب ذلك.. ولكنها لم تصل إلا قبل أيام قليلة حتى الوظيفة لم تستلمها بعد.

كانت "آن" تتمشى على الشاطئ حتى لَوَتْ كاحلها والتقت بحمد بمحض الصدفة، كما أخبرته أنها تحب الأحصنة وتتمنى لو كانت تجيد ركوب الخيل..

سُعِدَ حمد بما سمعه من "آن" فاخبرها بأنه مدرب ويمكنه أن يعلمها ركوب الخيل، ولكنه في الحقيقة لم يستطِع أن يخفي فرحته، لأنه اعتبرها فرصة جيدة أن يراها مرة أخرى فقد أعجب بها كثيرا.. كما اخبرها أن عمه يملك مزرعة متواضعة ليس فيها إلا ثلاثة

أحصنة منهم فرسه "جوداء" التي يحبها، والتي هي تمتطيها الآن، وأخبرها بعض التفاصيل عن حياته..

عندما وصلا إلى البيت الذي تسكنه "آن" لم يكن يريد حمد الانصراف ولا الافتراق عنها فقام بأخذ موعد منها في الغد.

في تلك الليلة لم يذق حمد طعم النوم وهو يفكر في "آن" ويستغرب ايجادتها للغة العربية، وليس العربية فقط بل العديد من اللغات، وكان مسلوب الفؤاد بجمالها الملائكي كما يقول هو:

آن الفتاة الأجنبية باللسان العربي ...

آن الرشيقة الجميلة كحورية ..

آن صاحبة العيون المحيرة صفراء وحمراء أو رمادية، هل تعكس الغروب أو لون الأمواج المتكسرة على الصخور الشرقية؟

آن صاحبة الشعر الطويل والخصلات الذهبية، الحلق اللؤلؤي والصدفة الفضية .

آن بالفستان الوردي كلون ورود الربيع الندية في صباح يوم هادئ بنسمات ياسمينية .

آن بالبشرة البيضاء والخد المحمر خجلا والشفاه اللماعة الفراولية .

كان حمد يعدد صفاتها وهو يحفظ كل تفاصيلها من أول لقاء، رغم انه شاب محترم خجول لا يطيل النظر إلى الفتيات والنساء، ولكنه لا يعرف كيف أدرك كل هذه المعلومات من لقاء واحد ...

كان حمد ينتظر بلهفة وشوق بزوغ فجر جديد يتيح له لقاء "آن" الموعد الذي أعطى لحياته طعما ولون .

في اليوم الموالي وكما كان الموعد والاتفاق جاءت آن إلى المزرعة وهي عازمة على اخذ دروس

في ركوب الخيل.. ولكن المفاجئ أنها كانت تمتطي الفرس كفارس خيّال، ولم تكن تخاف الخيل مطلقا.. تفاجأ حمد واخبرها أن لديها هبة ربانية، وكلما كان يطري حمد على "آن" كانت لا ترد إلا بالابتسامة الخجولة.. وحمد يغرق في تلك الابتسامة كوردة تتفتح وتغلق من جديد وتعيد الكَرَّةَ وسُكَّرٌ منثورٌ على الثغر تزيد .

أصبح حمد و"آن" من أشد الأصدقاء وتقرَّبا لبعضهما البعض كثيرا، عرَّفها على عمه الذي نصحه بأن يتزوجها لكي لا يبقى وحيدا بعد وفاته.. رأى العم في "آن" الطيبة والتواضع والحنان ولحمد دفء وأمان من الوحدة وغدر الزمان .

فكر حمد فعليا في الموضوع وخاصة أن "آن" سلبته عقله ووقع في حبها منذ أول يوم رآها فيه، فكان يقول في نفسه نحن الاثنان لا احد لدينا في هذه الحياة وأنا أحببتها وأشعر أنها تستلطفني.. فما المانع ؟

كان حمد مقتنعا تماما بالفكرة.. فكرة الارتباط بآن والزواج بها.. ولكنه كان يخاف من ردّة فعلها، فهو لم يفاتحها بعد ولا يعلم ماذا ستكون ردّة فعلها، وكذاك لم يلمّح لها حتى، لأنه خاف من أن يضايقها أو يكسر علاقة الصداقة الموجودة بينهما، فهو لا يريدها حتى أن تشعر بقلة الأمان معه.

بعد عدة أيام وأسابيع أصبحت "آن" تركب الحصان بلا تردد وتسرع وتتحكم به بكل احترافية، في ذلك الوقت قال لها حمد بأنه يريد أن يأخذها جولات في المدينة على ظهر الحصان كما كان يفعل بالعادة، وليقصدا الشاطئ معا كما يفعل دائما، فقد أصبح بإمكانها الخروج بالفرس خارج حدود المزرعة ...

ولأن الفترة التي كانا قد اتفقا عليها من أجل التدريب قد قاربت على الانتهاء أصبح حمد يصطحب "آن" كل مساء إلى الشاطئ وقت الغروب، فيتمشيا ثم يستمتعان بمنظر غروب الشمس.. ذلك المنظر الذي

يعشقه حمد وقد أصبح يشغله عن هذا العشق وجه "آن" الجميل وحمد يفكر في كيفية مفاتحتها بأمر الزواج..

ولكنه تشجع أخيرا وفاتحها في الأمر وسألها إن كانت تفكر في الارتباط وإذا ما كان لديها مانع في أن تتزوج برجل عربي.

ولكن جواب "آن" فاجأه حيث أن في قناعاتها الزواج مبني على الحب وليس على أصل الإنسان أو جنسيته أو عرقه أو لون بشرته..

لم يكن حمد إلا مبهورا في كل ما تنطقه هذه الحورية الأجنبية كما كان يلقبها.. الأميرة الحورية الأجنبية..

فسألها حمد : إن كان قلبها يخفق لأحد ؟

وكان جوابها ... ربما نعم وربما لا

ولكن الحب شيء والارتباط شيء آخر

اسمع يا حمد أنا لا أنكر أنني معجبة بأحدهم، ولكن للأسف أنا لدي شرط للزواج.

سألها حمد : وما هو ؟

آن : يجب أن يحبني الشخص الذي سوف يرتبط بي حبا قويا خالصا حقيقيا ..

حمد : هذا فقط ؟

آن : لا تستعجل يا حمد ولا تقاطع كلامي ..

على من يحبني أن يحبني للأبد، وأن لا يخونني، لأنه إذا خانني سوف أموت.. وعليه أن يعطيني عهدا بأن يحبني حتى لو تقدمت في السن وتغير شكلي.. عليه أن يحبني لسنة أو عشرة أو عشرين عاما.. أن يحبني لعمرنا معا.. فمنذ أن أرتبط به يجب أن يعرف بأن حياتنا نحن الاثنان أصبحت حياة واحدة، سوف نعيش معا ونموت معا..

عليه أن يكون صادقا ومقتنعا، وأن يعدني بأن نعيش معا ونموت معا..

حمد : "آن" .. أنا احبك وأريد أن ارتبط بك.. فهل تقبلين الزواج بي؟

وأعدك يا حوريتي الأجنبية "آن" أمام الشمس التي سوف تغرب والبحر الذي بكرمٍ كل يوم يستقبلها، بوفاءٍ لا يتخلَّف عن موعدها، والسماء والرمل والشاطئ وفرسي جوداء بأنني سوف أحبك ولن أخونك وأعدك أن نعيش معا ونموت معا.. فعمري لك ولن يغلى عليك..

أجابت آن: (بعينين دامعتين وصوت مخنوق وفرحة متناثرة)

وأنا أيضا أحبك يا حمد، منذ أول يوم رأيتك فيه وأنت لم تراني، نعم أحبك، وأقبل الزواج بك، وأنا أريد أن أعيش كل حياتي معك سواء كانت طويلة أو قصيرة.

أحبك يا حمد .

لم يصدق حمد ما سمعه من حبيبته الحورية "آن" فأخذها بين ذراعيه وراح يدور بها على الشاطئ حتى وقع الاثنان على الأرض وهو يضحك والسعادة تغمره ..

ثم قال : حبيبتي الأميرة الحورية الأجنبية "آن" هل تعلمين أن حملا أزيح عن ظهري يمكنني الموت الآن بسعادة... لا أطلب أكثر من هذه الحياة، أنت حياتي والسعادة.

وضعت "آن" إصبع يدها اليمنى على فم حمد،

وقالت: لا يا حمد لا تقل هذا الكلام مازال الوقت أمامنا والسعادة تنتظرنا سوف نعيش سنوات كثيرة سعيدة..

حمد: لا تهمني السنوات تهمني اللحظات معك أيتها الحورية آن.

بموافقة الاثنان أقيم حفل الزفاف على شاطئ البحر في يوم رائع وقت الغروب، قال الاثنان نعم ووقعا على شهادة الزواج وتعاهدا على الحياة معا والموت معا، كان الزفاف بسيط وجميل، بحضور عمه المقعد وبعض الأصدقاء والمقربين والأطفال الذين كانوا يتدربون عند حمد في المزرعة، وبعض أهالي المدينة، ولم يكن هناك أحد من طرف "آن" لأنها يتيمة كما أخبرت حمد سابقا، ولا أصدقاء لها في المدينة التي وجدت فيها الحب ودفء العائلة.

تغيرت الحياة بالنسبة لحمد وأصبحت تلك المزرعة مليئة بالفرح والسعادة، بعد بعض الوقت عرفت "آن" خبرا جديدا زاد فرحتها، عرفت أنها حامل فلم تستطع أن تخفي تلك الفرحة وذاع الخبر السعيد، لم يكن حمد يغادر البيت أبدا في تلك المرحلة من حياتهما، أما "آن" فقد طلب منها حمد البقاء هي الأخرى في البيت من أجل أن تهتم بصحتها وبالجنين، وأن لا تلتحق بالعمل الذي جاءت إلى المدينة من أجله،

لم تعارض "آن" الأمر فقد كانت تحب حمد ولا ترفض له طلبا، وكانت تدعمه معنويا وهو يحاول أن يُحسِّن من أمور المزرعة، ويعيل عائلته التي سوف تصبح أكبر قريبا.

لم يكن حمد يفكر إلا في جنس المولود ولكن "آن" لم تكن تريد أن تعرف ذلك قبل الولادة، أما حمد فقد كان ينتابه شعور بالفضول، فطلب منها أن يطلق اسم "آن" على الطفل إذا كانت فتاة، فسارعت وأخبرته هي وإذا كان ولدا نسميه حمد.. كان الاثنان غاية في السعادة...

جاء اليوم الموعود.. وحان وقت الولادة أحسَّتْ "آن" بآلام شديدة لدرجة أن حمد خاف على حياتها، أما هي فقد كانت تمسك بيده بإحكام وتقول له :

هل تتذكر يا حمد وعدنا، إذا كنت سأموت اليوم هل ستفي بوعدك لي..

كان حمد يعتقد أنها تتكلم من باب الألم الذي يسيطر عليها فقط، فكان يطمئنها ويجيبها نعم يا حبيبتي "آن" سوف أحقق لك وعدي أنا لا حياة لي بدونك ولكن لا تقو....

لم يكمل حمد كلامه حتى قاطعته "آن" لا تقل لكن، أرجوك يا حمد.. أظن أن ساعتي حانت لا تتخلى عني.. فأنا أعيش من أجلك فقط ، ولأجلك أنت فقط...

كل ذلك الكلام كان ناجما عن الخوف والألم.. ولكن سرعان ما ولد الطفل و"آن" بخير وسلامة، أنجبت "آن" ولدا فقررت أن تسميه حمد ولكن حمد ورغم فرحته كان يريد أن يسميه "آن" رغم انه ولد وذلك حبا في زوجته وحبيبته... لم تتفق معه "آن" على هذا حتى توصلا إلى حل وسط وهو أن يضيف حمد اسم حبيبته إلى اسمه الذي أطلق على الطفل فأصبح اسمه "حمدان"..

"حَمْدَان" إنه ثمرة الحب والوفاء، إنه مصدر السعادة والسرور ودعاءٌ مستجابٌ وأمنيةٌ ورجاءٌ.. ذلك الطفل الجميل كوالدته، اسمرٌ بعيون واسعة كوالده.

مرّت الأيام وأصبح حمدان يجري ويلعب في المزرعة التي أصبح فيها ما لا يقل عن خمسة أحصنة، حمدان يحب الأحصنة كوالده، رغم أن عمره لا يتجاوز السنتين إلا أنه يحب أن يرافق والده على ظهر الحصان في جولاته في المدينة، لم يبلغ حمدان سن الثالثة حتى توفي عم حمد الذي عانى كثيرا في حياته من المرض الذي كان مصابا به، شعر حمد ببعض السوء لمفارقة عمه الذي رباه وسهر عليه، وأحسن معاملته، وعلّمه كل ما يعرف عن الخيول والمزرعة، ولكن ما كان يخفف عليه هول المصاب هو مساندة زوجته "آن" له وطفلهما المرح .

في سن الرابعة أصبح حمدان يجيد كل اللغات التي تتكلم بها والدته، الروسية، الإنجليزية، الإيطالية،

الفرنسية، الإسبانية ولغة والده العربية والتي تجيدها "آن" كذلك .

حمدان طفل جميل جدا، وموهوب، أسمر بشعر أسود حريري، وعينان واسعتان بَرَّاقَتَان، طفل موهوب وسريع البديهة، وخيّال صغير رائع، كانت "آن" تَطْمَحُ لأن يصبح حمدان فارسا ومُرَبِّيًا للخيولِ كوالده، وكانت تقول لحمد بأن حمدانُ هو من سيعيد للمزرعة مجدها وهو من سيرفع من قيمة المدينة وقدرها بين المدن .

مرّت السنوات، وبعد حوالي العشر سنوات من زواجهما أصبحت ملامح "آن" تتغير بسرعة فأصبح شعرها الطويل يميل للون الأبيض، وظهرت لها بعض التجاعيد، وأصبحت لا تستطيع بذل جهد كبير، ولكن حمد لم يلاحظ، أو لم ينتبه، أو أنه حقيقة بالشكل لا يبالي، أما "آن" فقد كانت أحيانا تشعر ببعض الانزعاج كلما رأت نفسها في مرآتها التي كانت تحبّها،

أو كلما نظرت من النافذة لتجد زوجها الحبيب حمد يعلّم بعض الفتيات الفَتِيَّاتِ الفروسية، وأصبحت تحب وضع شال على رأسها أغلب الأوقات ..

كانت "آن" تسأل حمد دائما قبل أن تخلد إلى الفراش : هل مازلت تحبني يا حمد؟ .. رغم أن شكلي تغير ..

حمد: لماذا تقولين هذا الكلام يا "آن"؟ .. أنت تعرفين أنني أحبك .

آن: تحبني .. رغم أن ملامحي تغيرت ؟

حمد: لماذا أصبحت تقولين كل هذا الكلام ؟

آن: أجبني أرجوك يا حمد.

حمد : نعم، نعم أحبك يا "آن" أنت زوجتي الآن وحبيبتي سابقا وفي كل زمان، أنت كل حياتي و حمدان، أنت والدة ابني الحبيب والذي أحبه أكثر من حياتي، هل أصبحت تشكين في حبي لك ؟

آن : لا يا حمد أنا فقط أريد أن اطمئن، هل تتذكر
وعدنا يا حمد؟

حمد : "آن" ما الذي تفعلينه؟.. أنا مرهق وأريد أن
أنام.

آن : ألن تجيب عن سؤالي؟ هل ستندم إذا أفقت صباحا
ولم تجدني في البيت؟ ..

حمد : نعم يا "آن" أتذكر وعدنا جيدا، وأنت تعلمين
أنني أحبك.. أحببتك في الماضي، وأحبك اليوم،
وسوف أحبك إلى آخر يوم في حياتي.. أتذكر يا "آن"
أنا أعدك أنني سوف أموت معك وأن أعطيك كل
حياتي .. فأنت الحياة ومعناها والروح ومسكنها.

هل هذا يرضيك؟

آن : لا.. أنا أريدك أن تكون صادقا وتتكلم من قلبك
بقوة إحساسك وصافي الشعور، أريدك أن تفي بوعدك
فقط.. لا غير

حمد : لماذا تتكلمين عن الموت؟ أنا أحبك، وأحب ابني، وعائلتنا جميلة، لماذا لا تتمتعين بما لدينا وتدعين عنك هذه الشكوك؟

هل أخبرك أمرا يا "آن"؟

لن أقدم دروس فروسية بعد اليوم،ولن أُدَرِّبَ مجموعات جديدة، بل وسوف أعتذر من الفتيات، وإذا لم يكن المتدرب رجلا أو طفلا لن أقبل بتدريبه.

هل أنت راضية يا حوريتي الأجنبية الجميلة "آن" .

آن : افعل ما تشاء يا حبيبي حمد، أنت تعلم أنني أحبك وسأحبك إلى الأبد.

لم يكن حمد يريد من كل الدنيا إلا رضا "آن" وسعادة طفله حمدان الجميل، فهما كل حياته، وكل ما يعيش من أجله في هذه الدنيا .

حب حمد لزوجته وحبيبة قلبه "آن" يفوق حبه لشكلها الخارجي بل هو إحساس داخلي يجعله يفتقدها بمجرد

أن يعزم مغادرة البيت والخروج لعمله، فقد كان يحب ملازمته لها طوال الوقت.

بدأت تسوء حالة "آن" يوما بعد يوم، ولكنها كانت تحاول المحافظة على بيتها وزوجها، كما كانت تسهر على دراسة ابنها حمدان وتعليمه الذي كانت توليه من الاهتمام جانبا كبيرا.

عُرِف حمدان الصغير بالذكاء واجتهاده في الدراسة وتفوقه على كل أقرانه، هذا ما جعل إدارة المدرسة التي يدرس بها تختصر له بعض السنوات الدراسية لأنه كان يفوق مستوى زملائه بالصف كثيرا، فكان أمام المعلم خياران، إما أن يشرح الدرس على مستوى التلاميذ أو على مستوى حمدان نفسه ولوحده.

وهكذا لم يبلغ حمدان سن الخامسة عشر حتى تخرج من الثانوية وبتقدير ممتاز، كان حمدان يجيد العديد من اللغات الأجنبية وهذا ما جعل حظوظه في دخول

أحسن الجامعات عالية، وقد تقدمت له والدته في

جامعة كامبريدج بلندن .

سافر حمدان ليكمل دراسته، وقد تحصل على ماجستير تخصص العلوم السياسية ليرجع إلى مدينته وأهله بعد سنوات الدراسة، ليجد والدته وقد تغيرت ملامحها كثيرا، وكأنها والدته اختفت وحلت مكانها عجوز، هرمة، يظهر من بين التجاعيد أنها كانت فتاة فاتنة الجمال والشعر الأبيض الذي حافظ على طوله الجذاب .

من أبواب المدينة والناس يتجمعون ليحيوا حمدان ويرحبوا بعودته بعد كل هذه السنوات، ولكن خبر مرض والدته طريحة الفراش لم يسمعه حمدان إلا على عتبة بيته، فهرع إلى الداخل مسرعا، ليجد والدته الحنون تودع الناس بعيون غارفة في بحور الدموع والملح يجرح الخدود، ووالده المهزوم يتكئ على

السرير يمسك بيد زوجته وحب حياته "آن" وهي تفارق الحياة.

بعد أن رأت "آن" الحورية الأجنبية كما يقول حمد ثمرة حبها، ومغزى حياتها، فتحت العيون بنظرات تتفحص تلك الجوهرة التي عاشت من أجلها، وراحت تحادثه لبضع اللحظات وتتكلم عن الحب الذي جمعها هي ووالده حمد، وهي في هذه الحالة لا تفارق يد حمد بل تمسكها بإحكام وتتمسك بها وكأنها طوق نجاة.

سعدت "آن" باللحظات التي أمدتها بها الحياة لكي تودع حبيبها الصغير حمدان، فكانت تقبله باشتياقٍ، وتخبره بأن يعيش سعيدا، وأنه ليس وحيدا لأن أهل المدينة يحبونه أيضا، كما أحبوها سابقا وسوف يعتنون به، ولكن الغريب أنها كانت تكلمه بصيغة الجمع فكانت تقول :

لا تحزن يا حمدان إذا تركناك، ما يجب أن تعلمه هو أننا نحبك أنا ووالدك ولطالما فعلنا، ولن ننساك أبدا.

ولكن من كل الظروف المحيطة لم يكن حمدان ينتبه لكلامها جيدا، ولا يحلل كل ما تقوله له، ولا أهل المدينة، فكانت آخر كلمات "آن" لابنها وهي تبكي والدموع كاللؤلؤ المنثور على الخدود أنها تركت له وصية، ولا يجوز له أن يقرأها إلا بعد مرور سنوات، وبالتحديد في عيد ميلاده الأربعين، وأخذت منه وعدا بتحقيق الوصية.

أخبرت "آن" حمدان بأن الوصية مخبأة في الصندوق الصدفي الصغير، الذي تعود حمدان أن يلعب به وهو صغير، فقد كان يحب الأصداف التي على ظهر الصندوق الذي كانت تستعمله والدته "آن" لاكسسواراتها، وتعودت وضعه على تسريحتها في غرفة نومها، وكان حمدان يحب اللعب في تسريحة والدته الخلابة بكل الأصداف والمحار واللؤلؤ.

كما قالت "آن" لابنها حمدان بأن مع الوصية مفتاح كبير، والمفتاح يخص الوصية وسوف يعرف كل

التفاصيل حين يقرأها، وعد حمدان والدته التي تفارق الحياة بتحقيق الوصية دون نقاش ودون أن يعرف ما تحتويه تلك الوصية.

ساءت حالة **"آن"** وكأنها تفارق الحياة وأصبحت تتناوب عليها شهقات، أما حمد فأنه مطأطئ الرأس لا يرفعه، يقبل يد حبيبته **"آن"** وكأنه في عالم آخر ....

كانت آخر كلمات **"آن"** أنها طلبت من حبيبها حمدان أن لا يتزوج إلا بعد عيد ميلاده الأربعين، بعد أن يقرأ الوصية التي تركتها له، وطمأنته ببعض كلمات لكي لا يتفاجأ بهذا الطلب الغريب، أن ينتظر زواجه بعد سنوات عدة، أن لا يفكر في الزواج في المستقبل القريب، أن لا يرتبط إلا بعد سنوات تقترب من العشرين سنة ...

قالت **آن** لحمدان: لا تتفاجأ يا بني ولكن أريد أن اطلب منك طلبا، لا تتزوج إلا بعد أن تقرأ وصيتي، ولا تقلق سوف أساعدك في العثور على فتاة جميلة تناسبك،

وزوجة صالحة لك، تحبك وتهديك حياتها كلها، وسوف يكون بينكما رابط قوي مثل الرابط بيننا أنا ووالدك، والحب الكبير، فوالدك أحبني دون أن يسألني عن شيء، ووعدني بالسعادة وبأن نعيش معا ونموت معا، وعدني والدك يا حمدان بأننا قلب واحد ينبض بصوت واحد وحين يحين الأجل سوف تتوقف نبضات قلب واحد لجسدين كانا توأما وروحا واحدة .

هذا هو الحب الذي أعدك به يا بني يا حمدان فأنت ثمرة حب بلا مقابل، حب تحدى الصعوبات ورضي بالمجهول لذا يجب أن تحظى بحب مماثل.

وعد حمدان والدته بكل ما سألته، ووافق على تحقيق طلباتها دون أن يستفسر أو يفهم، وما إن أحست "آن" بصدق كلمات ابنها البار حتى شهقت الشهقة الأخيرة ....

لم يستطع حمدان أن يستوعب أن والدته فارقت الحياة، حتى أدرك أن والده الذي يمسك بيد والدته

"آن" لا يتحرك، ولا يتجاوب معهم، ولا يبدي أدنى ردة فعل، فعرف أهل المدينة أن السيد حمد قد فارق الحياة هو الآخر بمجرد وفاة زوجته.

أعلنت وفاة حمد و"آن" واستقبل حمدان العزاء من أهل المدينة في المزرعة التي شهدت على حبهما الخالد، وعلى سعادتهم كعائلة صغيرة كانت تناضل من أجل المحافظة على الحب بينهم .

قرر حمدان أن يدفن والديه في المزرعة تحت شجرة زيتون كبيرة، شجرة نَقَشَ عليها والده أول حروف من اسميهما، وعندما كان حمدان في سنوات عمره الأولى كانوا يخرجون في نزهة من البيت إلى حديقته في المزرعة، ويجلسون تحت هذه الشجرة، و حمدانُ يحاول المشي بخطواته الأولى المرتجفة وغير المتوازنة، بينما والدته تشجعه على زيادة خطوة واحدة ووالده يمد إليه يديه، وهو يتقدّم في اتجاه الأمان ....

بعد أيام قليلة ورغم أن أهل المدينة لم يفارقوا حمدان واهتموا به في عزاء والديه، وقاموا بالواجب معه، إلا أن حمدان وفي كثير من الأحيان وخاصة بأوقات المساء والليل كان يحس بالوحدة والشوق لوالديه، فكان يحب الجلوس بقرب شجرة الزيتون الكبيرة، بين قَبْرَيْ والديه يحادثهما لساعات وساعات، يحكي لهما عن مغامراته في الجامعة والدراسة والسكن الجامعي، وكل تفاصيل حياته الجامعية، وعن السنوات التي مرَّتْ دون رؤيتهما وشوقه لهما، وشوقه المستمر اليوم لهما والذي لن يروي ضَمَأَهُ أَحَدٌ يَوْمًا .

فَكَّرَ **حمدان** في حياته التي سوف تبدأ بمشوار جديد، حياته في المزرعة التي تركها له والداه أمانة ليعتني بها، وحياته في المدينة التي لم يكن يظن أنه سوف يعود لكي يستقر بها يوما.

لم تكن أحلام حمدان بعد إكماله لمشواره الدراسي تدور حول المزرعة.. ولكن قلبه لن يطاوعه أن يترك

والديه أو قبريهما لوحدهما بل كانت الأفكار تحوم حوله وهو يمتطي حصانه "حمجان" ذلك الجواد الذي أهداه له والده في احد أعياد ميلاده بعد أن تحسنت أحوال المزرعة قليلا وكان مهرا صغيرا فكبر معه ...

ذلك الشبل من ذلك الأسد وملامح جمال الأم ظاهرة في خليط ألوان عيني حمدان، حمدان الذي أصبح يمتطي حصانه ويذهب ليتمشى على الشاطئ وقت الغروب، وقد سمع من والديه قصة لقائهما على الشاطئ وقت الغروب، فكان يراهما في الغروب وألوانه الممزوجة بتلألؤ المياه التي تعكس السحب المجعدة في السماء .

أخذ حمدان فترة من الزمن، وهو يفكر في كل ما يجري حوله، وكل الظروف التي مرّ بها، ووصية والدته له بالاعتناء بالمزرعة، كما شغلته الوصية التي كان الفضول يدور حول محتواها، والسر في عدم

زواجه حتى سن الأربعين وما مدى ارتباط زواجه بالوصية التي سوف يقرأها في عيد ميلاده الأربعين .

بينما كان حمدان يجمع شتات نفسه الضالة وأحزانه المبعثرة في كل أرجاء المزرعة، وفي يوم ماطر كان حمدان يجلس في غرفة الصالون، بالقرب من النافذة المطلة على الحديقة وشجرة الزيتون التي تحتها قبرا والديه، بينما هو سارح في قطرات الأمطار المنهالة على قبري والديه انتبه لصوت إبريق الشاي الموضوع على النار .

بعد أن أخذ حمدان إبريق الشاي وملأ كوبه بالشاي على بعض أوراق النعناع، النعناع الذي كان يحب رائحته وطعمه مع الشاي، فتذكر صديقه المغربي أيام الجامعة الذي كان يحمل اصيص النعناع معه لأي مكان يقيم به ويحافظ عليه، لأنه لا يستطيع أن يشرب الشاي بدون نعناع .

فجأة سمع حمدان طرقا على الباب، لم يكن يتوقع مجيء أي أحدٍ وخاصة في هذا الجو الماطر، فتح حمدان الباب وإذا به العمدة واقف على عتبة الباب، ومعطفه مبلل بالماء، وقبعته تحمي رأسه لكن الماء يتدفق منها كشلال صغير.

أتى العمدة في زيارة غير رسمية إلى بيت حمدان، وبعد أن نزع معطفه وقبعته المبللة وعلَّقَهُم وراءَ الباب

قال له **حمدان** : تفضل بالدخول سيدي العمدة، أهلا وسهلا..

العمدة: اعذرني يا بني حمدان لأنني جئت بدون موعد، ولكنني كنت أفكر بزيارتك منذ بضعة أيام ..

حمدان: لا عليك، سوف أملأ لك كوبا من الشاي لقد حضرته للتو .

العمدة: نعم شكرا .. وهل هناك أفضل من كوب شايٍ في هذا الجو الماطر.

حمدان: تفضل .. هل أضيف لك بعض أوراق النعناع ؟

العمدة: نعم من فضلك .. اسمع يا حمدان، لقد كنت انوي استدعائك إلى المكتب من أجل مناقشة أمر معك، ثم قررت المجيء بنفسي .

حمدان: شرّفتني بهذه الزيارة ومجيئك بث الدفء في أنحاء المزرعة، ثم أضاف قائلا : ما هو الموضوع الهام ؟

العمدة: لقد مرَّت فترة منذ أن توفي والداك رحمهما الله، يجب أن تهتم بنفسك، كما أنك لم تتقدم من أجل وظيفة بعد، لقد عدت من الخارج بشاهدة عالية ولا يوجد في المدينة من هو بمستواك العلمي ...

حمدان: سامحني يا سيدي العمدة.. أنا لا أريد العمل أريد أن أنهض بمزرعة أهلي، فقد كانت أمنية أمي الأخيرة قبل وفاتها ..

العمدة: رحمها الله هي ووالدك، سمعني يا حمدان ولا تقاطع كلامي ..

اسمع أنت قيمة علمية تستطيع أن تستفيد منك مدينتك وتفيد أهلك، يجب أن تراعي حقوق المدينة عليك، نعم معك الحق يجب أن تنفذ وصية والديك وهذا أيضا واجب عليك ..

ولكن لدي فكرة لك، وقد فكرت بها طويلا ... أريدك أن تشغل منصبا في البلدية، ومن أعلى المناصب فيها وأيضا سوف تكون لك بعض الأعمال في الأوقات الحرة، فعندما يكون هناك أمر مهم سوف أبعث لك به إلى البيت، وأيضا يجب أن تحضر كل الاجتماعات التي تخص المدينة مع كبار الشخصيات من أجل إبداء رأيك وإعطاء النصح ...

وساعات العمل سوف تكون مخففة جدا، إذ يمكنك بباقي الوقت أن تهتم بالمزرعة وأعمالها وأن تُحَسِّنَ من ظروفها .. أنا أعلم أن المزرعة بحالة مزرية،

وذلك لأن والدك قد أهملها في السنوات الأخيرة لأنه كان يولي كل اهتمامه بوالدتك وصحتها ويعتني بها في مرضها .

لم يستعجل العمدة حمدان بالرد عليه، بل طلب منه أن يفكر مليا، وليكن جوابه مبني على فائدة كل المدينة وليفكر في الأمر من كل النواحي .

فكرة العمدة كانت جيدة ومناسبة لحمدان وتتماشى مع ظروفه، فبالعمل في البلدية سوف يفيد مدينته من خبراته، ويعمل في مجاله، أما بالنسبة لعمله في المزرعة بذلك سوف يحقق أمنية والدته ويرتاح نفسيا .

نظرا لإتقان حمدان لعمله وفكره المتجدد في مجاله كان يقدم النصح في مسائل تخص المدينة، ورأيه يتمتع بالسداد والحكمة، فكان خير عون لهذه المدينة، كما أنه قام بتوظيف بعض العمال في مزرعته بفضل الراتب الذي يتلقاه من جراء عمله في البلدية.

مرت الأيام وتم استصلاح المزرعة واشترى حمدان بعض الأحصنة، لكي تنظم لما يملكه من أحصنة في المزرعة.. كان من بين الأحصنة فرس بيضاء ذات شعر أحمر كلهيب النار أطلق عليها حمدان اسم **"حمدات"** ..

للفرس **"حمدات"** قصة عجيبة، لذلك يحبها حمدان حبا جما، كانت الفرس جموح فأراد مالكها التخلص منها بأي وسيلة، لدرجة أَنَّهُ فَكَّرَ فِي قَتْلِهَا، ولكنَّ أَحد أصدقائه نصحه بأن يبيعها لرجل في المدينة، يستطيع ترويضها وقد يبيعها لصاحب عربة ما فيستفيد من قوتها وصلابتها.

وفي يوم كان حمدان في سوق المدينة يتجول كعادته، وإذا به يسمع صياحا وضحكا من قريب، بحث حمدان عن مصدر الصوت فوجد جمعا من الناس حول رجل يجلد فرسا دامية، يكاد يقسم الرَّائِي أن لونها أحمر من شدة الجروح التي على ظهرها،

والدماء التي تقطر منها تثبت العكس، تثبت بان اللون الأحمر دماء وليست لونها الأصلي .

استغرب حمدان من سوء تصرف الرجل، فلم يتمالك نفسه حتى صرخ صرخة واحدة وأمر التجمع بأن يَنْفَضَّ، ولأنه يملك مكانة عالية في المدينة، وكلمته مسموعة فلم يكمل كلامه حتى تدخلت الشرطة وفرقت الناس.

توجه حمدان إلى الرجل وسأله عن حقيقة الأمر، فقصَّ عليه الرجل كل القصة، كانت الفرس منهارةً خائرة القوى، ما إن أخذَ حمدان السَّوْطَ من الرجل حتى سمع شهيقها وكأنها والدته يوم وفاتها، ورأى بأنها ترمقه بنظراتٍ تَثْشَوِّشُهَا الجروح والدماء النازلة على عينها، فرمى السّوط من يده على الأرض فورا، وأبدله بيده الحنون ووضعها على رأس الفرس التي لم تأبى أن تطأطئ رأسها له ..

دفع حمدان مبلغا من المال لذلك الرجل وأخذَ الفرسَ معه إلى مزرعته، رغم أن الرجل قد نصحه بعدم فعل ذلك، لأنها فرسٌ شاردةُ جموحُ، لا فائدة من تَرْوِيضِهَا، ولكن حمدان لم يستمع له.

سهر حمدان على الفَرَس ونَظَّفَهَا، وعالَجَ جُرُوحَهَا العميقة بنفسه، فكان يقضي الليل برفقتها في الإسطبل، لأن الفرس كانت تصهل ليلا، وتَئِنُّ، وَتَفْزَعُ وكأنها ترى أحلاما مزعجة أو كوابيس .. وهذا ما فسره حمدان بان الفرس "حمدات" ترى الرجل المُرَوِّضَ من المدينة يَجْلِدُهَا كل مرة قَرَّرَتِ النَّوْمَ ..

استغرقت جروح الفرس "حمدات" بضعة أسابيع تحت رعاية حمدان، وبعنايته لها وسهره الليالي معها، حتى استعادت عافيتها وصحتها، وأصبحت جميلة شبيهة بسابق عهدها، غير أنّ الجروح مازالت مرسومة على جلدها الأبيض، والشعر الأحمر بتدرجٍ كالنار، أو كالغروب الذي ينسل من عباءة النهار.

أحب حمدان فرسه الجديدة، كحبه لحصانه حمجان
وأكثر فقد أحب جمالها الغربي، وكأنها فتاة أجنبية
بالشعر الطويل الأبيض والأحمر تشبه والدته "آن" إلى
حد كبير.

بعد أن أصبحت الفرس بصحة جيدة وأصبحت تستطيع
الركض والجري ... لاحظ العاملون في المزرعة
وكأنها تميل لحمدان كثيرا، ولا تنفر منه كما تفعل مع
بقية العمال، هذا ما جعل حمدان يأخذ على عاتقه
مسؤولية ترويضها وتعليمها أصول السباق، فقد كان
ينوي أن يقيم سباقات في المزرعة لأجل أهل المدينة ..

كان حمدان يفكر كثيرا في مشاريع وخطط من
أجل تحسين الظروف الاقتصادية لمدينته، وظروف
مزرعته بشكل خاص، فقام بوضع خيول لتدريب
الناس على أصول الفروسية وركوب الخيل من البداية
إلى الاحترافية، ولكي يشجع الناس على الأمر أعلن
بأن الدروس للأطفال دون العاشرة تكون بالمجان .

قام ببناء ميدان للسباق ومن حسن حظه أن مساحة المزرعة التي حافظ عليها والده وعم والده من قبله كانت كبيرة جدا رغم الخراب الذي كانت عليه .

أحب الناس الفكرة وأقبلت العائلات بأطفالها، وأصبحت الحياة تدب في المزرعة من جديد، بل وأصبحت المزرعة في حال لم تكن عليها يوما .

احضر حمدان من الخارج مُدَرِّبِينَ لأنه يريد لهذا المشروع أن يُبْنَى على أصول، وكان يصرف كل راتبه على المزرعة بشكل متتالي، لا يوفر إلا قيمة الغذاء، وبعد مرور بعض الأشهر، أصبحت المزرعة تعود عليه ببعض العائدات، لأنه في البداية رَوَّضَ الخيول ودرّبها على السباقات، وكان يشارك خارج المدينة بها، ومنها من كانت تحرز بعض الجوائز، أما بناء ميدان السباق فقد أخذ قَرْضًا من أجل استصلاح الأرض والبناء، وقد بَنَى مساكنا للعمال والمُدَرِّبِينَ في

مزرعته لكي يستطيعوا قضاء لياليهم براحة قرب أماكن عملهم، وفي الإجازات يزورون أهاليهم .

بعمل حمدان هذا استقطب اليد العاملة وشجع الشباب على العمل وحب الرياضة أيضا، وكذلك الأمر بالنسبة للأطفال .

كانت السباقات التي يقيمها حمدان في الميدان الخاص به في مزرعته محلية فقط، لأهالي المدينة متفرجين ومشجعين ومتسابقين، إلى أن ذاع صيته بفضل الفرس "حمدات" البيضاء بالشعر النار الطويل، والتي أصبحت مشهورة وتحصد الجائزة الأولى في أي سباق تدخله، وكأنها خلقت لأجل السباقات.. وكأنها ولدت في ميدان السباق ولا تتنفس إلا الهواء السريع.

ذاع صيت المدينة التي تنتمي إليها الفرس "حمدات"، فقرَّرَ حمدان أن يستفيد من هذه النقطة لصالح المدينة.. فسعى بكل جهوداته لكي يقيم سباقا يكون بنطاق أوسع ..

وبالفعل أعلن عن جائزة لتخليد والديه ولرفع اسم المزرعة.. وفتح باب الاشتراك في السباق لكل المدن المجاورة، وأطلق على الجائزة اسم والديه جائزة حمد و آن اللذان جمعا اسميها ليصبح اسمه "حمدان" ورمز حبهما..

طلب حمدان من أحد المصممين أن يصمم له تمثالا للجائزة، يكون على شكل رجل وامرأة وكل منهما يمسك بحصانه ويكتب تحتها اسم الجائزة **"حمد"** **"آن"** أي **حمد آن** وهي أيضا اسمه **حَمْدَان** .

أقبل الكثيرون على السباق ولكن حمدان لم يستطع أن يشرك "حمدات" به، ليقينه أن الشهباء بالشعر الأحمر النار الطويل لن تترك مجالا لأي حصان أو فرس في السباق..

بعد سنوات أصبح هذا السباق مهرجانا دوليا وتطورت المدينة، وازدهرت الأوضاع الاقتصادية، وكل الفضل يعود إلى حمدان وجهوداته .

حمدان عمدة المدينة

عندما بلغ حمدان سن السادسة والثلاثون، توفي عمدة المدينة، فاجمع كل السكان بأن أجدر شخص بهذا المنصب هو حمدان، فأصبح عمدة المدينة .

جاء هذا المنصب مع كثير المسؤوليات والمشاغل، فلم يعد حمدان الذي كان لا يستغني عن الخروج كل مساء مع "حمدات" إلى الشاطئ وقت الغروب فيروي لها الحكايات ويقول لها الشعر.. فمنذ

أن رأى حمدان الفرس "حمدات" العائمة بدمائها اكتشف أنه شاعر، ينظم الشعر ويقوله بسلاسة وصدق إحساس فيّاض، ومنذ ذلك اليوم وهو كل مساء يجود على فرسه المحببة ببيت أو بعض أبيات أو يقول لها قصيدة في جمالها وشعرها الطويل، وعن معاناته، وحبّه لها فهي التي تخفف عليه الوحدة التي يعاني منها بعد فراق والديه.

فهو يعيش وحيدا لأنه لا يستطيع الزواج لكي لا يخلف بوعده لوالدته، لذا كان يبعد كل الفتيات من طريقه ويصدهن دون النظر إليهن، غير مبال لا بجمال ولا مركز ولا مال، فمنذ أن أصبح مشهورا أصبحت أرقى العائلات تتودد إليه وتحاول التقرب منه.

يا حبيبتي لا تخافي جرح الزمان الغادر

دعيني أضمد جروحك ..

هذا بيتك من اليوم فلا تغادرِ

يا حبيبتي ما رأتِ العين كَجَمَالِكِ يوما جميلة دامية

فما معنى هذه النظرات المُشَتَّتَةُ المترامية؟

اهدئي حبيبتي ..

وضعي الثقة في حمدان إنّه لك الأمان

ولن يغدر بك الزمان مادمت بين يدي حمدان

أيتها الفاتنة الشهباء

يا طويلة الشعر يا شقراء.. يا نار حمراء

ألهبت الفؤاد بدون قصد ولا نية إغراء

أشعلت نار الجوى بنار شعرك الملتهبة الربداء

خِصَلُ الشعر كأنها مخضبة بالحناء

فما هذا الأبيض ؟

أهذه خُصَلٌ شيباء أيتها الحسناء الصهباء ؟

أيتها العابثة الشهلاء

سَلَبَتِ اللُّبَّ .. سَكَنَتِ الكَبِدَ ... وَتَفْعَلُ مَا تَشَاء

عابثةٌ.. بريئةٌ.. خَصْلَاتِ شعرها تسبح في الفضاء

تُوَاعِدُنِي بِصَهِيلِهَا مَعَ الفَجْرِ لِنُحَقِّقَ المَوْعِدَ كُلَّ مَسَاء

يا عَاصِفًا المَوْجَ بِقَلْبِي فِي زَوْبَعَةٍ فِي كَأْسِ الشَّايِ السَّمْرَاء

يا حروفَ النُّورِ تَخُطُّ على الشَّاطِئِ قَصِيدَةٌ عَصْمَاء

هَاتِي طَرْفَ شَعْرِكِ لِلْمَغْبُونِ لِيَمْسَحَ دُمُوعَ الوِحْدَةِ والعَنَاء

لم يكن لحمدان حبيبة غير حبيبته حمدات، ولكن وللأسف أصبح مشغولا بعمله كثيرا فأصبح لا يصطحبها كعادته إلى الشاطئ كل مساء، بل وأصبح

لا يعود إلى المزرعة والبيت أحيانا إلا في وقت متأخر

..

علم حمدان من العمال أنَّ الفرس "حمدات" أصبحت تُعْرِضُ عن تناول الطعام، فأيقن أنَّهُ الشوقُ لهُ، وسعى إلى تصحيح الوضع فأخذ من العمل إجازةً، لمدة يومين لكي يقف إلى جانبها ولكي يعالجها من هذه الأزمة التي حلت بها، بقي إلى جانبها وكانت معرضة عن تناول الطعام بشكل نهائي وأصبح الكبر باديا، عليها قليلا وبدت وكأنها هزيلة.

في هذه الليلة بالذات أصيبت "حمدات" بالحمى الشديدة، فجاء الطبيب وأعطاها علاجا ... خاف حمدان كثيرا على رفيقته وصديقته وحبيبته "حمدات" فكانت الدموع تنهمر من عينيه لا إراديا، لأنه اعتقد بأنها قد تموت وتتركه وحيدا ..

ولكن الطبيب طمأنه على حالتها، بل وأخبره بأن "حمدات" حامل وسوف تضع لهم مهرا جميلا .. نعم

لقد كانت رغبة حمدان بأن يضع العمال "حمدات" و"حمجان" في نفس الإسطبل من أجل هذا ..

فرح حمدان كثيرا، فهذه الفرس وهذا الحصان هما أعز الخيول على قلبه، والحصان **حمجان** كان هدية والده له، لذا أراد أن يحافظ على هذه السلالة، ولكي يتذكر والديه دائما.

أمضى **حمدان** تلك الليلة في الإسطبل وفي الصباح استيقظ على صهيل "حمدات" التي قامت معافاة نشيطة .. فرح برؤيتها فقدم لها الطعام ولم تخذله .

قرر حمدان أن ينتبه جيدا من اليوم فصاعدا لحمدات، وأن يحاول قدر الإمكان أن لا يسبب لها الحزن أو الإعراض عن الطعام أو المرض .. فأعاد ترتيب مواعيده لكي يجعل يوم الجمعة عطلة يقضيها مع عائلته .. نعم عائلته والمقصود هنا مزرعته وأحصنته .

فأصبح يقضي كل اليوم في المزرعة يطعم الأحصنة ويساعد في تنظيفها ويمرح مع العمال، وفي آخر اليوم يصحب "حمدات" إلى الشاطئ لكي يستنشق الهواء، ويتمتعان بمنظر الغروب، ويقول لها بعض أبيات الشعر ولأنها حامل فكان يرافقها مشيا ولا يمتطيها .

أصبح حمدان يسافر أحيانا فيقضي بعض الليالي بعيدا عن بيته، لم يكن يرتاح كثيرا خلال سفره، بل وكان يحس باشتياق كبير لكل ركن من أركان مزرعته وبيته والإسطبل.

حتى أنه في إحدى رحلاته تأخر في العودة واستغرقه السفر عدة أيام فولدت "حمدات" في غيابه، ولم يستطع حضور الولادة بل فوت الأمر، ولم يعد إلا بعد يومين من ولادتها، ولدت "حمدات" مهرا قويا جميلا .

بعد أن عاد حمدان ورأى المهر الجميل أطلق عليه اسم "شهاب" وأعجب به كثيرا ..

يحمل المهر الكثير من ملامح الفرس "حمدات" ويبدو أنّه قوي مثل والده حمجان.

مِين أَغْلَى مِن القلب غير راعيه

يا راعي الغَلَا لا يَاخُذَكْ الغرور والتِّيهْ

يا كامل الزِّينْ والملامح كأنَّه قَمَر ضَاوِي لِيَالِيه

لا تسألوني كيف حَيِّيتْ ولِيهْ ؟

الزِّينْ أَسَرْنِي وَأَنَا لِلْوَصْلْ أَنَادِيهْ

"شهاب" أخذ كل ملامح وَالِديهْ

العيون والشعر والغرور بِشُمُوخْ رَاعِيهْ

كانت هذه أول كلمات قالها حمدان عندما رأى المهر "شهاب" لأول مرة، وأبدى إعجابه به وكانت

الفرس "حمدات" تستمتع بقصيدة حمدان لأنها تعلم تماما عندما يكون حمدان طَرِبًا وتتبدل ملامح وجهها وتبدو عليها ملامح السعادة فهي تحب الشعر كثيرا، وحمدان يعلم ذلك، لذا يدللها ببعض الأبيات كلما رآها.

كان حمدان وكلما تقدم بالسن أصبح أكثر جمالا، أناقة وهيبة، حمدان بملامحه الرجولية، وحنان قلبه على أصدقائه أهل المدينة وأحصنته وكل حيواناته، حمدان أسمر البشرة كوالده أبيض القلب كوالدته، كثيف الشعر، بالشارب الأسود والعيون برموش طويلة واسعة كبحور عميقة، لا تخيف بل تبث الأمن والراحة.

حمدان الذي يحافظ على أناقته في العمل، يحافظ على هيئته الرسمية بالبذلة الرسمية السوداء أغلب الأوقات لأنه يحب اللون الأسود، وربطة العنق بشكل الفراشة أحيانا، حمدان ولأن أصوله عربية، ومن الخليج بالتحديد فإن اللباس الرسمي هو ثوب أبيض

وغترة توضع على الرأس وعقال ليشد الغترة على
الرأس ...

حمدان أنيق باللباس الرسمي بالبذلة كأنه أمير من
العصور الوسطى، وبالثوب الخليجي كأنه شيخ
الشيوخ، هيبة وعز، أناقة تظهر الشباب والشهامة،
الوقار والاحترام، الحكمة وسداد الرأي، كما أنه وسيم
يجذب عيون كل البنات والجميلات عربيات وأجنبيات
...

تساءل أهل المدينة على عدم زواج حمدان
والسبب الخفي وراء إعراضه عن الزواج، وقد اقترب
من سن الأربعين، والكثير من رجالات الدولة أرادوا
تزويجه، بل وعرضوا عليه الحسناوات من بناتهم
ولكن حمدان ولكي يخرس كل الألسنة، ويفسر كل
الاستفسارات، ويرد على كل الأسئلة، في عيد ميلاده
التاسع والثلاثين وهو في حفلة عيد ميلاده وأمام الجميع
أعلن انه سوف يتزوج السنة القادمة، وقال بأنها كانت

وصية والدته التي أرادت أن يعطي كل وقته ويسخر كل اهتماماته لأجل المدينة وأهلها الطيبين، والمزرعة التي أصبحت اليوم معلما دوليا..

ولكنه بعد عيد ميلاده السنة القادمة سوف يختار زوجة له ولا يعرف من ستكون سعيدة الحظ، وختم كلامه بابتسامة عريضة جعلت الناس في القاعة يشعرون بالسعادة، وكثير من الفتيات تبادلن النظرات مع والداتهن أو آبائهن وكأن كل واحدة تتمنى أن تكون سعيدة الحظ بلا شك.. ولكنه أضاف بأن والدته سوف تساعده على الاختيار وسوف ترشده إلى الفتاة المنشودة.

المدينة في ازدهار والمشاريع تتطور بوتيرة سريعة، ولكن انشغالات حمدان أصبحت أكثر، والمسؤولية أكبر، ومازال المتنفس الوحيد له هو نزهته مع الفرس "حمدات" كل جمعة على الشاطئ فهي ملهمته لإطلاق صراح الشاعر فيه.. ينظم القصائد

64

تغزلا في شعرها الأحمر الملتهب والغروب بنيرانه المغرية الهادئة حتى الموت، وعينيها الواسعة الشهلاء التي يرى عالمه ووالدته فيها ونفسه وحقيقته وبساطته وراحة الدنيا ... رغم أن "حمدات" أصبحت كبيرة في السن وليست على سابق عهدها وصلابتها وقوتها، ولكن حبه لها لازال في ذروته وكأول مرة رآها فيها تلك الفاتنة الدامية .

مرضت "حمدات" يوما فكاد عقل حمدان أن يطير من الخوف عليها، أحس بأنه قد يخسرها ويبقى وحيدا، فهي كل أهله وحبه وعالمه .

مرت الأيام سريعا، فاز حمدان بمناقصة جعلته يسافر أسبوعيا إلى دولة أخرى ولكن ظروف عمله واستقراره في مدينته لم تدعه يستقر في الدولة الجديدة، وذلك لمدى أهمية المنصب الذي يشغله في مدينته، ولكن وللسهر على حسن سير العمل قرر البقاء في هذه الدولة لمدة شهرين، ومن الأخبار التي سمعها أن

"حمدات" تعرض عن الأكل كعادتها لعدم رؤيته، فكان يكلمها في الهاتف لتسمع صوته بل ويلقي القصائد، وفعلا كانت هذه الخطة تنجح، فكلما رأته على شاشة الهاتف، وهو يدللها ويقول لها الشعر توافق على الطعام وترضى على العمال، وكان يعدها بأنه سوف يأتي قريبا وبالتحديد يوم عيد ميلاده، إذ أن أهل المدينة سوف يحتفلون به احتفالا كبيرا تكريما له وتقديرا لمجهوداته بنجاحاته المتتالية، والمشاريع الأخيرة، وأيضا لأن العادة جرت باحتفال العمدة بعيد ميلاده كل سنة مع أكبر شخصيات المدينة..

في هذا الأسبوع كانت هناك تقلبات جوية شديدة، وحركة المرور ليست جيدة، وأيضا الخطوط الجوية، كانت قبل أيام هناك عواصف رملية، أما اليوم فإن الأمطار لا تتوقف، إنها في هطول متواصل ..الجميع يتفادى الخروج والبقاء داخل البيوت آمنين.

حمدان متشوق كثيرا للعودة إلى أرض الوطن، في شوق لأحبته بعد فراق شهرين، في شوق ليضع يده على شعر "حمدات" الذي تعود تسريحه لها وتجميلها بالورود والضفائر وكأنها أميرة، فرسه المدللة الجميلة "حمدات"، وأكبر دافع للعودة ليست حفلة عيد الميلاد بل الوصية التي انتظر هذا اليوم لقراءتها حوالي العشرون عاما، متشوق للقاء والدته من جديد من خلال خط يدها ورائحة أوراقها، وعطرها في صندوقها وما لامس يدها قبل أعوام .

متشوق أيضا ليعرف سبب طلبها منه عدم الارتباط والزواج حتى هذا اليوم.

لم ينم حمدان تلك الليلة التي سبقت عيد ميلاده الأربعين، وفي الصباح الباكر توجه إلى المطار بكامل أناقته بالبذلة السوداء والقبعة، ولكن المفاجأة انتظرته في المطار كل الرحلات ألغيت، لسوء الأحوال الجوية، كاد حمدان أن يجن لسماع هذه الكلمات من

موظفة الاستقبال بعيونها الزرقاء وشعرها القصير الأصفر وبشرتها البيضاء الناصعة الصافية، رغم أن الإعلان واضح في كل المطار، وكذلك وجود الناس بأعداد كبيرة يؤكد وجود خطب ما، لكن كثرة الأفكار لم تدع له فرصة للتأمل والتحليل.

لم يكن هناك مجال للمفاوضات مع حمدان، ولا يوجد أي أمل للتأجيل، فحمدان مُصِرٌّ على العودة إلى المدينة اليوم، العودة إلى المزرعة من أجل الوصية، لن ينتظر ساعة واحدة إضافية، فقد انتظر سنوات طويلة ولم يعد يقدر الانتظار لحظة واحدة .

حاول حمدان تغيير الخطوط الجوية، لعل بعض الخطوط تعمل ولكن بلا فائدة، فأجرى الكثير من الاتصالات حتى حالفه الحظ وقام بتأجير طائرة خاصة، تأخذه إلى مدينته، مزرعته، فرسه، أحصنته، ووصية والدته .

كانت الأحوال الجوية سيئة جدا، وكابتن الطائرة كان شابا صغير السن، متهور ويقول لحمدان الذي يوشك على صعود الطائرة في جو رياحه قوية ممزوجة ببعض قطرات الأمطار:

أنا متعود على العواصف لا تقلق يا سيدي ما هي إلا ساعات قليلة وسوف تجد نفسك في بيتك، يجب أن تستمتع بالرحلة لا تهتم بالمطبات الهوائية، ستكون الرحلة صعبة ولكن يجب أن تتمتع بقلب قوي ولا تخف من كل الاهتزازات أو ما تسمعه، ضع سماعة في أذنيك وشغل بعض الموسيقى الهادئة وسوف يحافظ "جون" (كابتن الطائرة يقصد نفسه فاسمه جون) على سلامتك .

لم يكن حمدان خائفا ولا قلقلا ولا يفكر في أي شيء، بل كان هدفه الوصول إلى مزرعته، وبالذات إلى غرفة والديه لكي يفتح صندوق والدته ويقرأ الوصية .

أقلعت الطائرة في رحلة ضد التيار، رحلة قد تعتبر غير قانونية، لأنها أشبه برحلة إلى الموت، فهل سوف يلتقي حمدان في عيد ميلاده الأربعين بوالديه؟

أم أنه سوف يصل بسلامة إلى بيته ليلتقي والدته على الأوراق ويعرف أخر طلب سوف تطلبه منه؟

أم أن مصيره مجهول؟

أسئلة كثيرة ومصير غير معروف الملامح في عاصفة قوية ورياح عاتية وهبوب أمطار شديدة، ولكن حمدان لا يفكر كثيرا وهو يتصفح الصور في هاتفه، قبرا والديه، شجرة الزيتون، المزرعة، "شهاب" ووالده "حمجان"، وحياته "حمدات" وشعرها الطويل المجعد أحيانا.

صور كثيرة في هاتفه لتلك الفاتنة التي كانت مؤنسته ورفيقه على مدى سنوات عديدة، رفيقة مشوار وأنيسة وحدته ..

في هذه الأثناء كانت الأوضاع سيئة في المزرعة، رياح وأمطار وصهيل الخيول، وكل العمال يسارعون من مكان إلى آخر من أجل أخذ الاحتياطات، وتأمين مداخل ومخارج المزرعة، وللحفاظ على حياة الحيوانات .

لكن الفرس "حمدات" التي كانت مريضة هاجت فجأة وأصبحت تصهل بصوت مرتفع، وترفس الجدران الخشبية، وتركل الباب بكل قوتها حتى حطّمته، وانطلقت بين العمال بكل سرعتها حتى قفزت سُور المزرعة وكأنها في سباق وفي عز شبابها وَقُوَّتهَا، والأمطار تبلل الشعر الطويل الذي يتطاير مع الرياح سريعا خفيفا وكأن الماء لا يثقله، خُصَلٌ تضرب ظهرها وتجلدها بين الفينة والأخرى.

بُثِّ الرعب في العمال وهم يعلمون أن الرئيس حمدان قادم، فبماذا سوف يبررون هروب الفرس وهي لؤلؤة المزرعة، ولن يفهم أين هي ؟ الأمر غير قابل

للنقاش؟ قرروا البحث عنها رغم سوء الطقس؟ وكتم الأمر، فقد يحالفهم الحظ في إيجادها قبل عودته ...

وقد شارفت الشمس على الغروب كانت الفرس تجري في أرجاء المدينة، والشوارع خالية، وحديقة المدينة، حتى خرجت من المدينة، وكأنها تعرف وجهتها، حتى وصلت إلى الشاطئ، والسماء مكدرة، والشمس لا تظهر والوقت قريب إلى الليل أكثر من النهار، ولكنه جو مظلم بسحب داكنة في السماء .

وصلت الفرس وراحت تمشي في ذهاب وإياب على حدود الشاطئ، وتنظر إلى الأفق البعيد، أين كانت تغرب الشمس في حضن البحر الذي يستقبلها فاتحا ذراعيه على امتداد خط الأفق ..

في جانب آخر من المدينة وفي صالة الاحتفالات الخاصة بالبلدية، كانت هناك حفلة مقامة على شرف العمدة حمدان بمناسبة عيد ميلاده، العمدة الذي هو في طريقه إلى المدينة، على حسب آخر الأخبار، ورغم

الجو البارد خارجا إلا أن القاعة كانت دافئة بالموسيقى الرائعة والضيوف بأبهى الحلل أناقة الرجال، وجمال النساء، والفتيات المتأنقات واللواتي يطمعن في نيل إعجاب العمدة حمدان اليوم في عيد ميلاده الأربعين لأنه أعلن السنة الماضية بأنه سوف يختار زوجة له بعد عيد ميلاده هذه السنة .

كانت الفتيات بفساتين السهرة مختلفة الألوان تلمعن تحت أضواء القاعة، وكأنهن نجمات في سماء صافية، والجواهر تزينهن وتبرز جمال الجميلات وتفسر المستويات ..

في سهر وسمر وتناول المشروبات، وانتظار صاحب الحفلة لافتتاح بوفيه الطعام، وتقطيع كعكة عيد الميلاد.. لتقديم التهنئات والمباركات على الانجازات والمشاريع ..

كان كابتن الطائرة "جون" يعلم بأن الجو غير مناسب للطيران، ولكنه كان يكابر ويتحدى الموت، وعندما

اقترب من الجزيرة العربية وجد عاصفة قوية لم يستطع التحكم في الطائرة لمدة طويلة، حتى حادت عن مسارها ويبدو أنها وبعد معاناة كبيرة، فقدت الطائرة ولم تعد تظهر في برج المراقبة، وكان أكبر اعتقاد وتحليل أن الطائرة قد وقعت في خليج العرب .

خرجت المساعدة وفرق الإنقاذ للبحث في أقرب الأماكن وأكثر الاحتمالات ولكن الظروف الجوية كانت سيئة جدا رغم أن البحث كان عن العمدة.

بث الرعب والخوف في الحضور في قاعة الحفلة، وبدأ الترقب الشديد، والانتظار الطويل، حتى عادت فرق الإنقاذ بعد ساعات طويلة بلا فائدة، وأعلنوا أن العمدة في عداد المفقودين، وقد يكون قد غرق في البحر وفارق الحياة، إذ أن أكثر الاحتمالات لا تبشر بخير، فلا يمكن لأي شخص أن يبقى على قد الحياة في عرض البحر لساعات طويلة، حتى وإن نجا من سقوط الطائرة.

ولكن أكبر الشخصيات طلبوا من الشرطة معاودة البحث، فقرروا المحاولة بعد هدوء العاصفة، وحتى بعد طلوع النهار لكي يتمكنوا من الرؤية جيدا.. ولكن الأمل ضئيل.

افترق الناس وكل عاد إلى بيته، وعمال المزرعة كانوا تائهين بين هرب الفرس "حمدات" وسوء حالتها الصحية، وسيديهم الذي فقد هو الآخر في عرض البحر وقد يكون قد فارق الحياة .

كانت المزرعة المكان الوحيد الذي لم تطفأ أنواره تلك الليلة، ولم يخلد أي أحد إلى النوم، لا من العمال وقلقهم على السيد "حمدان" ولا الحيوانات التي يعتقد من يرى حالتهم بأنهم يعرفون بأن هناك خطب ما .

عندما اقتربت الساعة من الثانية عشر، سمع بعض العمال الذين كانوا ملتفين حول برميل حديدي فيه بعض الحطب المشتعل في أحد الإسطبلات، سمعوا صهيلا وأنينا من بعيد، سارعوا بالكشافات ولبسوا

المعاطف البلاستيكية لكي تقيهم من المطر، وخرجوا ليكتشفوا مصدر الصوت الذي يبدوا أنَّه من بعيد.. وبعد مسافة في حدود المزرعة، رأوا خَيَالًا وكأنها الفرس "حمدات" قد عادت ولكن يبدوا وكأن شيئا ما فوقها، نعم كأنها تحمل على ظهرها شيئا ما قد يكون شخصا أو جثة .

أسرع العمال إلى الفرس التي ما إن وصلوا إليها حتى سقطت هي الأخرى..

ما هذا أنه السيد العمدة "حمدان" على ظهر الفرس، ولكن هل هو على قيد الحياة؟

لا احد يعرف.. أمر كبير العُمّال أحدهم بالإسراع لإحضار الطبيب، لأنه يسكن غير بعيد من المزرعة وسوف يكون الأمر أسهل من نقل العمدة إلى مستشفى المدينة، وكذلك أمرهم بإيقاظ البيطري لأن حالة الفرس لا تبشر بخير، الدماء تنهمر منها وهي كثيرة الجروح وكأنها تلقت مئة طعنه خنجر، أو جروح سيف قطع

جلدها ومزقه، وكأنها في حالة تشبه أول يوم وجدها "حمدان" غارقة في دماء سببتها لها ضربات السوط .

والشيء الغريب أنهم بالقوة أن فَكُّوا حمدان من شعر الفرس الذي كان ملتفا به، لدرجة أن رئيس العُمَّال كَانَ سَيَقُصُّ منه إلا أن الفرس فاجأته بالبكاء، والصهيل عاليا، ثم خرج حمدان من بين خصلات شعرها بسهولة، ولكن هذا ما ساعده للبقاء على ظهرها بلا سرج وأيضا رغم انه فاقد للوعي.

نقلت الفرس إلى الإسطبل، وحمدان إلى غرفته، فحصه الطبيب الذي جاء مسرعا ليجد أنه على قيد الحياة، ولكن نبضه منخفض، وكأنه قد يدخل في غيبوبة، فحقنه بحقنة ووضع له المصل واستدعى سيارة الإسعاف ليتم نقله إلى المستشفى.

أما الفرس "حمدات" والتي كان جلدها ممزقا، ومغروزة فيها شظايا صخرية، وهي في الأصل كانت مريضة، فقدت حذوات أرجلها، وهناك شق في بطنها،

أوَّلَ البيطري حالتها أنها سبحت في البحر أو غاصت في مكان وعر جدا، وأنقذت حياة حمدان الذي لم يكن مصابا بجروح عميقة، بل كانت جروحه خفيفة لأن شعر الفرس كان يغطيه، ولكن الشعر قد تقطع منه الكثير وهذا ما اكتشفه الطبيب والعمال في الإسطبل ..

حاول الطبيب جهده وأسعف الفرس، وقام بكل ما هو واجب ولازم، لكن الأمل في بقائها على قيد الحياة لم يكن كبيرا .

كانت الفرس تصهل بصوت عالي جدا، بينما كان الطبيب والعمال في المزرعة ينظفون جروحها، ويقومون بجمع الشعر المتقطع.

ولم يمر ساعة حتى استغرب الأطباء استيقاظ حمدان، وهو في حالة صدمة، يسأل أين "حمدات"؟، ويردد سؤاله، ذراعه مكسورة من حادث الطائرة وجروحه لازالت جديدة، ولم يستفسر عن مكان تواجده أو أي أمر آخر، كان السؤال الوحيد الذي يعيده :

أين "حمدات" ؟

خذوني إلى المزرعة ..

أريد رؤية الفرس والاطمئنان عليها، إنها تناديني أنا أسمعها ..

انطلقت السيارة الرباعية تحت الأمطار الغزيرة باتجاه المزرعة، ليصل حمدان إلى الإسطبل فيجد الفرس مضمدة بالكامل والعيون الكبيرة مليئة بالدموع، والشعر الأحمر اختفى لم يبق إلا شعر قصير أبيض
...

سألهم ودموعه تنهمر : ماذا حدث ؟

هلا يشرح لي أحد منكم ؟

أين شعر "حمدات" ؟ (وهو يضع يده على رأسها)

أحضر له الطبيب كل الشعر الأحمر الذي تقطع للفرس وهم ينقذونها وقال له، كن قويا يا حمدان، فحمدات

فرس كبيرة في السن، لقد كانت تحملك على ظهرها ويبدو أنها مرت بين صخور حادة في البحر، لقد أنقذت حياتك، يبدو أنها الوحيدة التي كانت تعرف مكانك في عمق البحر ..

وهذا هو شعرها لقد تقطع ولكنه حمى جلدك، ويبدو أن لها علاقة وطيدة بشعرها، فقد تألمت ألما كبيرا وهو يتقطع، وتحملت كل ذلك الألم لإنقاذ حياتك، ولأنها لطالما كانت فرس قوية البنية ...

حمدان يبكي ولا أحد يستطيع تكفيف دموعه ويشم الشعر المتقطع، ثم ينظر للفرس التي ابنها شهاب ينظر من خلف الباب الخشبي، فأمرهم بأن يفتحوا له الباب لكي يساعد والدته على تحمل الألم.

لم تمر إلا لحظات وبعد أن رأت "حمدات" حبيبها "حمدان" واقف على رجليه حتى خرج من أنفها هواء ساخن يشوي، وكأنها نفثت نارا ثم توقفت عن الحركة بعد أن أسندت رأسها في حضن حمدان ...

صرخ حمدان صرخة
واحدة .

أما شهاب فقد اتكأ على
والدته وكأنه يريد أن
ينام بجانبها، ولم يبدي
أية ردّة فعلٍ معينة...
كان هادئا بعيون واسعة
ينظر مابين أن يفهم الوضع أو أنه لا يفهم شيئا .

في اليوم الموالي انتهت العاصفة وأشرقت الشمس من
جديد، قام العمال بحفر قبر للفرس "حمدات" بجانب
والدة حمدان ووالده تحت شجرة الزيتون الكبيرة.

لم يعد حمدان إلى المستشفى وانغلق على نفسه في
بيته، يجلس دائما قرب النافذة المطلة على شجرة
الزيتون، وهو جالس لوحده يدفن أحبته في الجانب
الآخر .

جاء أهل المدينة للاطمئنان عليه، ولكنه لم يكن يستقبل أحدا، وهو جالس على الطاولة وبجانبه الشعر الأحمر الطويل، إلى جانب اصيص النعناع .

كان الطبيب هو الشخص الوحيد الذي يدخل البيت من الحين إلى الآخر لكي يطمئن على صحته، بعد يومين أو ثلاثة أيام، لم يكن حمدان فيها يذوق طعم النوم، جالس يراقب القبور ويبكي بحرقة.

نصح الطبيب حمدان ببعض الحبوب من أجل النوم، ولكي ينال قسطا من الراحة، ومن أجل أن يستعيد عافيته فهو عائد من الموت .

أخذ حمدان بعض الأدوية بعد حمام ساخن، و أوى إلى فراشه، والشعر الأحمر إلى جانبه لا يفارقه، ما إن وضع رأسه على الوسادة حتى غط في نوم عميق .

لم يصح حمدان إلا على يد حنونة امتدت إليه تمسح على رأسه، وصوت رقيق هادئ كنسمة فجر نقية يقول:

استيقظ يا حبيبي حمدان، استيقظ يا بني لقد تأخرت في النوم

صحا حمدان فوجد صاحبة الصوت بفستانها الأبيض الطويل، والشعر الأصفر الطويل الجميل، تفتح ستائر الغرفة التفتت إليه بوجهها المشرق وابتسامتها الدافئة، وقالت:

كل عام وأنت بخير لقد حل عيد ميلادك..

حمدان : أمي.. أنت هنا؟ كيف يعقل هذا؟

آن: حبيبي لا تكثر الأسئلة، هديتك في غرفتي على التسريحة .. انزل لتناول الفطور..

أنا ذاهبة والدك ينتظرني..

خرجت الوالدة من الغرفة وحمدان لم يصدق خبرا، فتوجه إلى غرفة والديه مسرعا، حتى أنّه تعثر بسجادة وسقط، يبدو أن منامته كانت أكبر عليه بمقاس زيادة.

وصل إلى الغرفة، غرفة واسعة، بشبابيك على جدرانها الثلاثة، والستائر الحريرية البيضاء الخفيفة تطير مع تيار الهواء اللطيف، الغرفة مضاءة بالكامل يتوسطها سرير كبير عليه أعمدة وستائر، والشراشف الذهبية والوسائد بأحجام مختلفة.

دخل حمدان وبعد نظرة استكشافية بحركة بانورامية في الغرفة تذكر سبب تواجده هنا، فتوجه إلى التسريحة مسرعا، وجد عليها صندوقا متوسط الحجم يحمل بيدين اثنتين، مرصَّع باللؤلؤ وعليه عديد الأصداف بمختلف أنواعها وألوانها وأحجامها، وفي وسطه عروس بحر ملتوية على فتحة المفتاح، مكتوب عليه حمدان في ورقة صغيرة متأرجحة من الصندوق

بخيط احمر قصير، راح حمدان يتأمل الصندوق في إعجاب كما كان يفعل بأغراض والدته وهو صغير حتى سمع صوتا، وكأن والده يناديه للنزول لتناول طعام الفطور، فرفع بصره إلى مرآة التسريحة ليجد أنّه ابن العشرينات، لا شارب ولا ذقن، ولا تبدو عليه ملامح الرجل الناضج، ولا سن الأربعين، فَزِعَ من انعكاسه في المرآة حتى استيقظ من نومه، والطبيب إلى جانبه يوقظه فقد نام ليومين متواصلين حتى قلق عليه العمال، وأخبروا الطبيب الذي جاء ليرى ماذا حل به .

أدرك حمدان أن ما قد حدث للتو هو حلم ولم يكن حقيقة، عيد ميلاده كان بالفعل قبل أيام، فتذكر وصية والدته ووعده لها، فهرع مسرعا من غرفته إلى غرفة والديه كما حدث في حلمه تماما، لكن الغرفة لم تكن مضاءة كما في الحلم، الغرفة على حالها منذ وفاة والديه تشبه غرفتهما في الحلم كثيرا، نظر إلى الغرفة التي لم يدخلها منذ وقت طويل ثم توجه إلى تسريحة

والدته فنظر في المرآة فوقها قليلا ليرى شابا وسيما أتعبه الهم والحزن والوحدة، ثم نظر إلى أسفل وإذا بالصندوق كما في الحلم بكل زخرفاته الجميلة، ولكنه نسي المفتاح في غرفته فعندما أراد أن يأخذ السلسلة من رقبته والتي يعلق المفتاح فيها، تذكر أنه وضعها على المنضدة قرب السرير قبل أن يخلد إلى النوم، أخذ الصندوق وتوجه إلى غرفته.

كان حمدان منزعجا من فكرة أنَّهُ أخلف الوعد ولم يفتح الصندوق، ولم يقرأ الوصية في اليوم الموعود، والزمن المحدد لكنه نسي جرّاء ما حدث معه من ظروف قاهرة، فقد كاد أن يموت، والموت خطف حبيبته "حمدات" من بين يديه.

جلس على سريره وهو خائف قليلا، ومتوتر كثيرا، وأخذ من على المنضدة قربه سلسلة كان قد علق بها المفتاح الصغير الذي يفتح هذا الصندوق، المفتاح الذي أخذه من والدته يوم كانت تحتضر..

سمع صوتا من الطابق السفلي انه الطبيب يناديه لتناول طعام الفطور الذي جهزه .

فتح حمدان الصندوق وما إن فتحه حتى انبعثت منه رائحة عطر أمه، وكأنها حاضرة في الغرفة معه، فدمعت عيناه من دون أن يقرأ حرفا واحدا من وصيتها، وجد قطعة قماش حريرية خضراء ملفوفة بخيط أحمر ملفوفة على مفتاح كبير بكبر الصندوق يُمْسَك بكلتا اليدين عليه زخارف بحرية جميلة، المفتاح وكأنه مصنوع من الذهب، ورأسه من الفضة ثقيل فضي يلمع، إنه مفتاح كبير، وشكل رأسه الفضي غريب جدا كأنها عروس بحر ملتف عليها ثعبان بحر بحجمها تقريبا، وهناك شعرها طويل جدا وينزل بالطول كأنه يشكل مفتاحا آخر يرافق المفتاح الأول ولكنه أقل طول منه.

تأمل المفتاح وتفحصه قليلا ثم وضعه جانبا ليجد أن الوصية على جزئين، عدة رسائل مع بعضها البعض،

وورقة تحت الرسائل مطوية لوحدها وملفوفة بخيط أخضر .

رسالة الوالدة آن لحمدان

أخذ حمدان الرسائل وراح يقرؤها ...

بني حمدان حبيبي الغالي، الحب كله والمشاعر والإحساس

الغالي وروحي ..

قلبي وكل كياني ..

أحبُّكَ يا حمدان، أنت تعي ذلك تماما ووالدك أيضا لطالما فعل ذلك ..

حمدان حبيبي صغيري الغالي، هل تريد أن تعرف حقيقة قصتنا أنا ووالدك وكيف أننا فارقنا الحياة معا وفي نفس اللحظة ؟

هل راودتك أسئلة يوما ..

أين ذهب كل جمالي؟.. حسني، وكيف تقدمت بالسن سريعا؟

هل تساءلت لماذا أنت ذكي جدا وتتفوق على أقرانك دوما ؟

هل تعجب الناس لقدرتك على التكلم بعدة لغات، وإتقانها في سن صغيرة، وكأنك جبت العالم وقطنت بكل هذه الدول وصرت أحد سكانها الأصليين ؟

نعم أظن أنّك تساءلت ولو قليلا.. تساءلت ولو عندما كنت صغيرا.. لكن أظنك اليوم لم تعد تأبه لهذه الأمور أيها الشاب الناضج الوسيم .. نعم يا حبيبي أعلم يقينا أنّك وسيم لدرجة أنْ تلاحقك كل فتيات المدينة.. لا تبتسم ولا تندم على أي شيء فات..

حمدان حبيبي ..

سوف أقص عليك القصة من البداية ..

اسمع يا عزيزي حمدان :

أنا لست بشرية كما كان يظهر للجميع هل تذكر الأصداف واللآلئ إنها ليست مجرد إكسسوارات، أو العاب كنت تلعب بها وأنت صغير، إنها مجوهراتي من بلادي من مملكتي وأيضا هدايا، كانت تأتيك من أهلي مِمَنْ لم يقاطعوني لزواجي بأبيك..

هل تتذكر عندما كان والدك يناديني الحورية الأجنبية ؟

حمدان حبيبي حتى والدك لم يكن يعلم ما سأخبرك به الآن، بل أحبني لشخصي ولم يسألني يوما عن أي شيء، ولم يستغرب عند حدوث أي أمر غريب، ولم يهتم لشكلي عندما تغيَّرَ..

أنا يا حبيبي حمدان حورية بحر ولست بشرية، أنا عروس بحر من مملكة الريحان إنها مملكة بعيدة ..

كانت ..

نعم كانت في أعماق البحار بعيدا، وأنا أميرة هذه المملكة، اسمي هو "آن" كما أخبرت والدك، كنت أتجول في أحد الأيام، وقد كنت في مقتبل العمر متهورة ومحبة للحُرِّية، توجد حدود لمملكتنا لا يجب أن نتجاوزها مهما كان، ولكن طيشي كما يقولون وأنا أقول قدري أخذني إلى ما فعلت...

لقد كنت أتجول في مكان بعيد عن المملكة، وإذا بي سمعت صراخا، هرعت لأكتشف ما يجري، فوجدت شكلا غريبا إنّه كالحوت ولكن بأنبوب على الظهر وأجهزة على الرأس، وله زعنفتان، أول مرة أرى هذا الحيوان البحري..

لم أكن أعلمُ بوجود حيواناتٍ لا أعرفها في كل المحيط، ولكن كنت قد تجاوزت حدودنا ووصلت إلى حدود البشر، كان الصوت لسمكة كبيرة وقعت في شباك الصيادين وأصيبت بجرح لم أكن أفهم كان هناك حيوانان غريبان(رجلان) يتشاوران وأنا مختبئة داخل

فجوة في صخرة كبيرة وكانت الأسماك تترجم لي الكلام.

كان الرجلان فرحان بكمِّ الأسماك، وأنا أتمنى لو أطلقوا سراحهم، ولكن الأسماك الصغيرة أخبرتني بأنَّ البشر أشرار ولن يفعلوا ذلك، فجأة هربت الأسماك التي كانت بجانبي، فتملكني الخوف الشديد، وإذا بجسم يمر قربي إنَّه جسم كبير قوي، وما رأيته تلك العيون الكبيرة الداكنة واللحية الخفيفة مر بجانبي ولم يرني، لأنني في مكان مظلم، على عكسي أنا كانت الرؤية واضحة لدي .

عندما وصل هذا الشخص إلى الشخصان الآخران لا اعرف ماذا قال لهما، ثم أطلق صراح السمكة الكبيرة التي كانت تئن، وصعد الجميع إلى جزيرة صغيرة عائمة تتحرك، ولكن الأسماك أخبرتني أن ذلك لم يكن جزيرة بل قاربا كبيرا .

اقتربت منهم رغم خطورة الوضع لأرى ذلك الرجل عن قرب، ما أجمله يا حمدان يشبهك اليوم، انه والدك حمد الذي حرر السمكة وأسرني ذلك اليوم وأغلق علي داخل قلبه بإحكام .

بقي القارب في البحر حتى الغروب ثم قرروا العودة إلى اليابسة، فتبعتهم وأنا مبهورة بكل ما أراه، وبعد مسافة طويلة وصلوا إلى الشاطئ فطلب منهم حمد أن ينزلوه في مكان معين وأكمل طريقه سباحة إنَّهُ سبَّاحٌ ماهر، وكأن أصله سمكة أو حوت قوي، وكأنه ابن البحر، وما البحر إلا وطنا له، تبعته من دون أن ينتبه إلى الشاطئ .

قبل أن يقفز والدك أخبره أحد أصدقائه بأنه سوف يلتقي به غدا، زمن الغروب على هذا الشاطئ بالذات، وكأنَّ قدري يضرب لي موعدا معه..

عدت إلى المملكة بعد أن غادر والدك البحر دون التفاتة أو التفاف، ولكني تأخرت كثيرا حتى عمّت

94

الفوضى في كل المملكة، وأعلنوا عن اختفائي أو اختطافي من طرف الممالك الأخرى التي في شجار مع والدي على سلطة البحر.

عند وصولي، وبدل أن يحمدوا الله على سلامتي عاقبني والدي، دون أن ابرر سبب غيابي وحبسني في البرج لمدة أسبوع كامل.

يا للحظ.. أخلفت موعدي مع والدك، أول موعد لي ..

مرَّ الأسبوع سريعا، نعم سريعا وخاصة أن مُرِبِّيَّتِي أحضرت لي من عند ساحر المملكة صدفة تفتح على مرآة كلما أغمضت عينيا وفتحتهما بعد أن تمنيت رؤية والدك، أرتني المرآة والدك في تلك اللحظة، ولا تدوم إلا لحظات فكنت دائمة التمني لكي تدوم اللحظات، وما إن أعلنوا حريتي ..

حتى سارعت إلى الشاطئ البعيد حيث ارض البشر،
وكانت المفاجأة هناك.. إنَّهُ والدك حمد وكأنه على
وعده ينتظرني ..

كان حمد هناك مع حصانٍ جميل، يلبس ثوبا وغترة
بدون عقال أول مرة أرى هذا اللباس، فقد رأيته لأول
مرة ببذلة الغطس، وكنت مستغربة جدا لكيفية سباحته
بذلك الشكل الانسيابي والسلس، وكأنه سيد البحر أو
مَلِكًا من مُلُوكِهِ، يسبح بدون ذيل سمكة إنّه حقا رجل
استثنائي بشري بقلب حنون .

تفرجت عليه كثيرا في المرآة ولم يلبس هكذا يوما،
يبدو أنه قد تأنق من أجلي رغم أنه لا يعلم بوجودي
بعد.

بقي على الشاطئ ساعتان هو يتأمل البحر وأنا
أتأمله، ثم غادر دون كلمة وداع، أي أنَّهُ يرغب في
تكرار هذا اللقاء مجددا ..

بقينا على هذه الحال لمدة طويلة، والدك لا يتأخر دقيقة واحدة على موعدنا وأسبقه دائما إلى مكان قريب من الشاطئ، أحب رؤيته على ظهر الحصان، أحب رؤيته والحصان يهرول به، أحب رؤيته يقفز من على ظهر الحصان ورمل الشاطئ يداعب رجليه ويدخل من بين أصابعه وصندله، أحب رؤية قوة رجليه التي تضرب الأرض تنحت شكلها على رمال الشاطئ ..

لطالما تقدم إليَّ الكثير من العرسان فأنا أميرة مملكة الريحان الوحيدة، ليس لي إلا أخت وحيدة تكبرني بعدة سنوات متزوجة ولها ابنة جميلة ولكنها صغيرة، هناك أعداء لوالدي كثر، فقرر والدي أن يجدد معاهدات السلام، وأن يزوجني في هذه السنة رفضت رفضا قاطعا وهددت بقتل نفسي، فهدأت الأوضاع قليلا في القصر وخاف والدي عليَّ، فأصبح لا يتكلم في موضوع الزواج مطلقا ..

أيُّ زواجٍ يا حمدان؟ وأنا لا أملك قلبي لقد أخذه والدك بالكامل، أحسُّ أحيانا بأنني لا أقدر على التنفس ليلا، لأنني في مكان يبعد آلاف الأميال عن والدك ..

في أحد الأيام ذهبت ولم يأتي والدك لموعدنا قلقت كثيرا، وعندما انقضت الساعتان وغربت الشمس عدت إلى القصر، لأتجه فورا إلى مِرْآتِي التي لم تفتح، ولم تُظْهِرْ لِي وَالدَكَ أبدا، سارعتُ إلى ساحر المملكة، مع أن عمله متخصص في أمور الدولة، ولا يتدخل في مسائل القلوب، ولكن تنكرت وذهبت إليه، غير مبالية بأسوأ العقوبات، عندما وصلت، وعلموا إنني الأميرة من على الباب، فتحوا لي الباب، أخبرت الساحر بكل التفاصيل فاظهر والدك على اللؤلؤة العملاقة، إنَّهُ حمد هناك .. آآآآاه .. كم اشتقت إليك يا حمد ..

ضحك الساحر وقال:

سمو الأميرة آن، أميرة الأميرات وأميرة مملكة الريحان، أميرة البحار أتحبين بَشَرِيًا؟

الأميرة آن: أجل.. ولن أعيش لحظة واحدة من دونه، أنا لا أكاد أتنفس بعيدا عنه.

الساحر:

ولكن ألا تدركين خطورة الموقف، والدك سوف يجن جنونه إن سمع بالأمر، والممالك الأخرى لن تسمح لك بشيء كهذا .

الأميرة آن:

لا يهمني أحد، وأنا لن أعيش من دونه..

راح الاثنان يتفرجان على حمد الذي يجلس بجوار عمه طريح الفراش، والطبيب غادر للتو، العم مريض

جدا وينصح حمد بالتفكير في الزواج لكي لا يبق
وحيدا بعد وفاته ..

جن جنون الأميرة آن وراحت تدور في الغرفة ..

- لا.. لا يمكن هذا .. هذا ليس صوابا ... أنا أحب
حمد، وأظن أنه يحبني، لا.. لا يمكن حدوث هذا... إنَّه
لا يحب فتاة أخرى، فما المانع؟.. أنا أحبه.. أرجوك
أيها الساحر ساعدني، ماذا يمكنني أن أفعل ؟
حبيبتي الصغيرة أعلمُ أن الحب مؤلمٌ وخاصة من
طرف واحد ، اسمعي، بغض النظر عن القوانين
والسياسة، إن لم يحبك هو فان قلبك سوف ينفطر، ولن
تعرف عينك الراحة .
الأميرة آن:
نعم ماذا افعل ؟
الساحر:
اسمعي أولا يجب أن تعلمي خطورة الأمر، سوف
تكون هناك معارضات من والدك، وكل شعوب البحر،

بل وستكون هناك حروب ضارية وقد يموت الكثيرون
...

آن: أنا أيضا سأموت من دون حمد .

الساحر:

إلا في حالة واحدة ..

آن : ما هي أخبرني أرجوك ؟

الساحر :

هي الهرب، أن تهربي من المملكة ودون التفكير في الرجوع، وهكذا سوف يقول والدك أنَّكِ هربت ولن تتعرض المملكة لأي أذى..

آن: نعم سوف أهرب إذن، لا يمكنني الحياة من دون حمد إنَّهُ الحياة بالنسبة لي ..

الساحر :

ولكن ..

آن: لكن ماذا؟

الساحر :

لا يوجد شيء بلا مقابل، كل الأمور في الحياة بوجهين، فوز وخسارة، خير وشر، كالعملة الواحدة بوجهين.

سوف يكون هناك نجاح ولكن انتظري أيضا الخسارة،

- اسمعي يا أميرتي يمكنني مساعدك لكي تستقري بين البشر، وتتعلمي لغاتهم جميعا، هذا أمر هيِّن، ولكن فيما يخص القلوب لا ينفعنا هنا شيء، إمَّا أنْ يُحِبَّكِ هذا البَشَرِيُّ بِإِرَادَتِهِ أو لا ..

لا يمكننا التحكم في القلوب، ولا فرض الحب على الناس، ولو كان هذا يسيرا لما رأيت الممالك تتشاجر، لكانوا يعيشون كلهم في حب دائم .

سوف تصبحين بشرية برغبته، ومن حيث قوة الحب في داخل قلبك سوف تتحولين، ولكن لن تكتب لك الأبدية بعد اليوم، سوف تعيشين حياة البشر، بل وبسنوات أقل، أول مرة تقفين على رجليك سوف تكونين في براءة الأطفال الذين يتعلمون المشي والكلام، وسوف تمر السنوات لعمر البشر كلها سريعا،

لذا على من يحبك أن يَعِدَكِ بالحب الدائم لكي تعيشي حياة طويلة نسبيا، وسعيدة، يجب أن لا تفترق يدك عن يده، وأن لا يخلف بوعده لك.

اسمعي يا بنيتي سوف يتقاسم معك عمره، وسوف تعيشين كل سعادة الحياة في سنوات معدودة، ولسوف تموتين عجوزا هرمة كبرت خلال سنوات قليلة، ولكن سوف يتوقف قلبه مع قلبك في لحظة واحدة.

بعد تفكير طويل طول الليل، ولكن خوفي من أن ينشغل حمد مع فتاة أخرى جعلني أفكر بأنه لن يحدث مكروه للمملكة، وكنت أفكر بالايجابيات فقط، وألغيت كل الأفكار السلبية من رأسي..

وعزمت على الهرب ومغادرة المملكة دون الرجوع إليها مرة ثانية مهما كانت النتائج، بل وقررت المجازفة بالأبدية وحياة طويلة مقابل لحظة واحدة مع والدك، مقابل نظرة واحدة لي من عينيه الداكنة الواسعة التي تشبه إلى حد كبير عينيك الجميلة يا حبيبي حمدان الوسيم .

كان حمدان يُقَلِّبُ الأوراق، ويقرأ ولا يصدق ما يقرأه،

وكأنها قصص خرافية..

أيعقل أن توجد حكايات كهذه في عالم البشر ؟

أيعقل أن تكون والدتي حورية بحر؟

ولم يصدق مدى الحب الذي تكنه والدته لوالده، فأحيانا

تدمع عيناه، وأحيانا تضطرب دقات قلبه .

واصل حمدان قراءة الرسائل وهو بين الواقع

والخيال...

ـ قَرَّرْتُ الهَرَبَ فِي الصباح الباكر، ودَّعْتُ أُخْتِي فَقَطْ

وأخبرتها بما أنا عازمة على فعله، لم آخذ معي الكثير

من الأغراض، إلا بعض المجوهرات التي كانت ذات

قيمة معنوية عندي.

أخذت الكثير من النصائح من ساحر المملكة، عن

كيفية تحولي إلى بشرية.. بشرية نباتية لا تأكل اللحوم

ولا الأسماك بنو جنسي كما يفعل البشر عادة ..

كتبت رِسالةَ وداعٍ وهربت، ولكني خبأت الرسالة

تحت السرير، لأنني لا أريدهم أن يجدوها حتى

المساء، وبعد أن أكون قد تحولت، لكي لا يلحقوا بي
ويعيدوني فهم لن يتجرؤوا على دخول عالم البشر ...
مرت الساعات بشكل ثقيلٍ جدا، وأنا قُرْبَ الشَّاطِئ
أَنْتَظِرُ وَالِدَكَ، وكان هناك نماذج كثيرون من البشر
أحيانا أشخاص مخيفون، وبدون رحمة، وصيّادون،
وأطفال أشرار يرمون القمامة في البحر، خفت كثيرا
وأصبحت مترددة قليلا ..
أتساءل :
هل حقا أنا أريد أن أتحول إلى بشرية ؟
هل حقا أريد العيش بين البشر ؟
وأنا اسأل نفسي هذا السؤال المصيري حتى رأيت
الفَارِق قَادِمٌ بِاتِّجَاهِي، سَلَبَ لُبِّي وكَيَانِي، انْقَطَعَتْ
أَنْفَاسِي ، وَمَا إن اقْتَرَبَ مِنَ الشَّاطِئ أَكْثَر حَتَّى رَأَيْتُ
كُلَّ أَمَانِ العَالَمِ فِي بُحُورِ عَيْنَيْهِ ...
- نعم أريد أن أصبح بشرية لأجلك يا حمد، لأعيش
معك لحظة، أو سنة، أو عمرا بأكمله، لأحبك أكثر،
ولتحبني كيفما شاء قلبك والقدر ...

فعلتُ بالتَدْقِيقِ مَا طَلَبَه من السَّاحر لكي أتحول إلى بشرية، وفجأة أصبحت فتاة رائعة الجمال بخدود الورد وثغر الكرز، عيون البحر وشعر أشعة الشمس الطويل الجذاب، برجلين آدميتين وفستان من زبد البحر أبيض طويل ...

حمد رسم قبلة حنون على الصدفة التي جرحت رجله والتي صرخت وأعادها للبحر دون أن يفهم أنها صدفة ناطقة .. فتحولتُ إلى أميرة تقف وراءه..

أعجب بجمالي، وأظن أَنَّهُ أَحَبَّنِي من أول نظرة، فقد عبر لي عن إعجابه بي، وأنا كنت أتحسس الرمال برجلي وأحاول الوقوف بثبات، لكنه ساعدني كثيرا وتأقلمنا مع بعضنا.

عندما أحبني والدك بالقدر الكافي وقرر الارتباط بي وأحس أَنَّهُ ينتمي إليّ، وأَنَّهُ لا يستطيع العيش بدوني تقدم لطلب يدي ..

وهنا كانت نصيحة ساحر المملكة الثانية لي، أمرني الساحر بأن أتزوج حمد في حالة واحدة، وهي

أن يُعْطِيَني والدك وعدا بالحب حتى الموت، وعدم

خيانتي، وأن نموت معا مهما كان يعني ذلك ..

حب غير مشروط .. حب صاف نقي .. حب أبدي ...

بالفعل وافق والدك على هذا الوعد وأقمنا حفل

زفافنا على الشاطئ أمام البحر، وأهل البحر، من

أقاربي وأصدقائي ...

وهنا انتشر خبر زواجي من بشري ..

مما اثأر غضب المملكات الأخرى، وخاصة

مملكة روح المرجان التي كان قد تقدم لي أميرها سابقا

ورفضته،هذا الأمير الذي اشتط غضبا، حاول أن يضم

كل الممالك الأخرى لحقده وأن ينفجر وينفس عن

غضبه ...

كانت تصلني الأخبار في الصدفة التي عَهِدْتَني

أضعها على شَعْرِي، ولكن لم أتوقع أن يكون الحقد قد

أعماه لهذه الدرجة ...

في يوم كانت هناك عاصفة في المدينة، والبحر
هائج، وأنا حامل بك، علمت في ذلك اليوم بان مكروها
سوف يحل بالمملكة وأهلي، فخفت كثيرا ..

وما كانت الأخبار إلا أن كل الممالك قد انتفضت
لما فعلته أنا، وقرروا معاقبة والدي، فهجموا على
المملكة وقتلوا كل شعبنا وأهلي، ولم يبق منهم أحد
على قيد الحياة .. لقد أبادوهم في ليلة واحدة ...

خرجت إلى الشاطئ وأنا لا أكاد أتحرك من ثقل
الحمل، قصدت الشاطئ لأطلب الرحمة من ملوك
البحار، لكي يعفوا عن أهلي، ولكن لم يستمع لي أحد
...

لحق بي والِدُكَ وأخذني إلى المستشفى، حيث
وُلِدْتَ أنت في تلك الليلة بالذات، وكأنك تُعَوِّضُنِي كل
أهلي وشعب مملكتي.. كانت فرحتي بك مخنوقة
لحزني على أهلي .

بعد أن غادرنا المستشفى أنا ووالدك، وعرفت
أنني أصبحت يتيمة، وبلا أهل، ليس بإرادتي، بل رغما

عني، أحسست بالذنب لأنني أَعْتَبِرُ نفسي أنا من قتلت أهلِي، رغم أنَّهُ لَيْسَ إِلَّا الحِقْدُ مِنْ أمير مملكة روح المرجان .

وفي يوم سمعت نداءً من البحر، هرعتُ مُسْرِعَةً إلى الشاطئ لأجد مفاجأة تنتظرني هناك ...
لقد وجت ابنة أختي الوحيدة، والتي كانت قد نجت من الهجوم على المملكة، لقد بعثها الساحر بعد أن أَلْقَى عليها تعويذة تحميها وتوصلها إِلَيَّ ...
لن تصدق المنظر الذي وصلت إليَّ به، مجرحة دامية شعرها مقطع، جلدها ممزق، حاولت علاجها، ولأنني لن أستطيع إخراجها من البحر، أخذتها إلى كهف على شاطئ البحر، كان قد دَلَّنِي عليه والدك وأخذني رحلة إليه .

أَخَذْتُهَا إلى هناك، وعالجتها، وساعدتني بعض المخلوقات البحرية، ولكن لو عرفت الممالك الأخرى أنها على قيد الحياة سوف يقتفوا أثرها للقضاء عليها، والخلاص منها، لكي لا يتركوا أحدا من مملكة

الريحان على قيد الحياة، وأنا ما بيدي حلية، لا يُمْكِنُنِي
أَنْ أُصْعِدَهَا إلى عالم البشر ...
الحورية لا تعيش بين البشر، إلا بوعدِ حُبّ
صَادِقٍ، ولا يمكنها التحول لبشريَّة إلا إن كانت فتاة
بالغة ..

فكرت كثيرا في ذلك الكهف، والدموع لا تجف أبدا،
وكأنها أنهار تتدفق من عيوني، فلم يبق لي أحد من
أهلي.. فقدتهم جميعا .. ثم انْتَبَهْتُ فَجْأَةً لِوُجُودِ رِسَالَةٍ
مَعَ ابْنَةِ أُخْتِي "جُمَيْنَة" أميرة الريحان، الحورية
الوحيدة الناجية من مملكة الريحان..
كانت في الصدفة العملاقة، التي أوصلت الأميرة
إلى اليابسة، تلك الرسالة المكتوبة بخط مرتجف،
تترجم خوف الساحر وهو يكتبها، ذلك الساحر الوفي
الذي كان يمدني بالنصيحة حتى في أخر لحظات حياته
للمحافظة على حياة آخِر حورية من مملكة الريحان..
كتب الساحر لي :

أميرتي **آن** الحورية البشرية.. يمكنك أنت وحدك إنقاذ حياة ابنة أختك الأميرة جُمينة ابْحَثِي لَهَا عَنْ شَابٍ مُحْتَرَمٍ بين البشر، يَعِدُهَا بِالحُبّ فتتحول مثل خالتها إلى أُميرة بشرية ..

ولكن أغلقي عليها في صندوق الأمان، سوف يوصله إليك القرش الحوتي، بعد أن تنتهي الحرب وأحكمي إغلاقه بالسلاسل، ثم عندما تصبح شابة ناضجة يجب أن يتقدم إليها الشاب البشري بنية صافية، ويعلن حبه لها لكي تتحول إلى بشرية، فيقدم لها الوعد بالحب والإخلاص.. ولِيَكُنْ شَابًا صَادِقًا، لكي لا يُحْزِنَهَا فَتَمُوتَ، ولو تأخر عن اليوم الموعود أَرْبَعَةَ أيّامٍ، فإنها لن تصحو أبدًا، بل سوف تتحول إلى حجر ثمين .. إلى حجر الزمرد .

هذي حكايتي كلها أنا ووالدك وأهلي..

حبيبي حمدان والدك لم يكن يعلم بأي شيء عن حقيقتي، ولم يسألني يوما، وضحَّى بسنواتٍ من عُمْرِه بِوَعْدِهِ لِي بِالحبّ والموت معا .

وصيتي لك يا بني هي في الرسالة الأخيرة المطوية لوحدها .. اقرأها وفكِّرْ جيّدا، وأتمنى أن تحقق لي أمنيتي الأخيرة، وأن لا تحزن، أو تتضايق إن أنا طلبت منك هذا الطلب الذي في الوصيّة ..
أحبك

والدتك الحورية آن

لم يستوعب حمدان كل ما جاءت به الرسائل. .ولا
قصة والدته أميرة البحار.. وهذا الحب القوي الذي
جعلها تخسر كل أهلها والحياة التي تعودت عليها كل
حياتها.

ـ الحب القوي الذي جعل والدي يقسم ويعدها بما لا
يفهم.

ـ إنَّهُ حبٌّ عظيمٌ.. حبٌّ اسْتِثْنَائِيٌّ.. لم أكن أعلمُ بوجودِ
قلوبٍ تعيش لأجل الحب وفي نارِ البُعْدِ تَحْتَرِق ..

بعد أن قرأ حمدان كل رسائل والدته، وصل إلى الوصية، الورقة المطوية لوحدها، الصغيرة، والتي تحمل له آخر طلب من والدته .. وقلبه يدق بسرعة وخوف ..

إنَّهُ الخوف من المجهول، وخوفه من أن يكون الطلب المجهول شيئا صعب التحقيق، خوفه من أن يخذل والدته في عدم تحقيق آخر أمر تطلبه منه ..

نَزَعَ الخَيط عن الرسالة وفتحها بيدين مرتجفتين، وهو بين خائف مما فيها، وبين متشوق لما سيكون عليه الأمر.

كانت الورقة صغيرة والكلام مختصر..

الوصية..

وصية الحورية البشرية

حبيبي حمدان:

لقد ضَحَيَّتُ بأهلي وعائلتي من أجل والدك ومن أجلك.. ولم يبق لي من أهلي إلا ابنه أختي "جُمَيْنَة"، وهي لا ذنب لها بكل ما حدث.. أنا وحقد أمير مملكة روح المرجان سَلَبْنَاهَا أَهْلَهَا وكل حياتها إنها أمانة في رقبتي ..

لذا يا بني لقد قررت أن تَتَزَوَّجَ أَنْتَ بِابْنَةِ خَالَتِكَ "جُمَيْنَة" أميرة مملكة الريحان، لأنني أعلم أنّكَ لَنْ تَخْذُلَهَا، أعلم أنّك سوف تُحِبُّهَا حُبًا أَبَدِيًا غَيْرَ مَشْرُوطٍ ...

لقد وَعَدْتُهَا أَنَا بِذَلِكَ لِكَيْ أُحَافِظَ عَلَى حَيَاتِهَا، وَعَدْتُهَا نِيَابَةً عَنْكَ، لِكَيْ تَدْخُلَ فِي سُبَاتِها وتَنْتَظِرُكَ .. وقد وَافَقَتْ هي، لأنها لم تكن تعلم شيئا، لقد كانت صغيرة بريئة، أنا قمت بالسهر عليها.. لقد كانت

تصحو مرة واحدة كل سنة وذلك يوم عيد ميلادها،
الذي يتوافق مع عيد ميلادك .. لقد رأيتك في عينها،
وحبها لك يكبر كل يوم ..

نعم إنها تحبك، لأنها تعتبر نفسها موعودة لك،
وتحيا في انتظارك .. تنتظرك لتحيا معك ..

هل تذكر المهر "حمجان" لم يكن بالفعل هدية من
والدك، إنَّه في الحقيقة حصان بحر وقد كان هدية من
"جُمَيْنَة" لك أنا أحضرته يوم عيد ميلادك وطلبت من
والدك أن يهديك إياه ..

لقد نجا من الحرب على مملكة الريحان هو وفرس
أخرى تشبه "جُمَيْنَة" لحد كبير .. فأهدتك "جُمَيْنَة"
المهر واحتفظت هي بالفرس لتؤنسها في وحدتها في
الصَدَفَة ..

بني إن "جُمَيْنَة" في انتظارك هلا أسرعت إليها
لتحررها من سُبَاتِهَا، وتُنْقِذَ حياتها من الموت المحتَّم ..

واعْلَمْ أنَّنِي لَا اضْغَطُ عَلَيْكَ، فأنت حرٌّ فِي اخْتِيَارِكَ مهما كان، ولكنَّهُ أَمَلِي كأُمٍ، وخَوْفِي كَخَالَةٍ وأم ثانية، خَوْفِي على آخر فرد من عائلتي ..

وأرى بأن حبها لك كبير، ويستحق المجازفة ..

إن لم ترغب في القيام بذلك، أنت حر في الاختيار، أَحْرِقْ رَسَائِلِي وانْسَ أَمْرَنَا أنا ووالدك وأهلي وابنة أختي .. وواصل حياتك واخْتَرْ لك بَشَرِيَّةً تُكْمِلُ حَيَاتَكَ مَعَهَا ..

وان أردت تنفيذ الوصية لا تتأخر ففي اليوم الرابع بعد عيد ميلادك سوف تتحول"جُمَيْنَة" إلى تحفة زمردية، ولن تبث فيها الحياة أبدا، وسوف تتخلص من كل الألم والمعاناة ..

والدتك المحبة والمخلصة ..

الحورية آن

تفاجأ حمدان أكثر شيء بعدد الأيام وراح يحسب
فوجد بأن اليوم هو اليوم الرابع بعد عيد ميلاده، فخاف
خوفا كبيرا، من أن يكون السبب في موت ابنة خالته
دون أن يعلم ذلك حتى ..
غير ملابسه وخرج من البيت مسرعا دون أن ينتبه
للطبيب الذي كان يجلس إلى مائدة الطعام، من ساعات
طويلة ينتظر حمدان ليتناول معه طعام الإفطار ..
بعد أن أخذ معطفه من المعلاق الذي خلف الباب
وقبعته، توجه إلى الإسطبل وامتطى "حمجان"،
وإنطلق دون أن يرد على أسئلة العمال، فمنهم من كان
يلقي عليه تحية الصباح، ومنهم من كان يريد أن
يطمئن عن صحته، وخرج من الإسطبل مسرعا كأنه
الريح في اتجاه الشاطئ ..
وصل حمدان إلى الكهف الذي على الشاطئ كما
وصفت له أمه الطريق، ترجل عن ظهر الحصان،

ودخل الكهف ومشى طويلا إلى وصل إلى مكان
مسطح، فوجد صخرة كبيرة قرب الماء، بحث جيدا
ليجد سلسلة كبيرة تمتد عميقا تحت الماء، كانت السلسة
ضخمة جدا حاول أن يجذبها ولكنها ثقيلة.. نظر هنا
وهناك، ثم عاد أدراجه وخرج من الكهف، ورغم
خطورة المكان فقد كان وعرا قليلا، ولأن الحصان
حمجان وبعد أن أصبح حصانًا من عالم البشر حُرِّمَتْ
عليه مياه البحر، كان يتردد في إطاعة أوامر حمدان
الذي لم يكن يعرف هذه التفاصيل وعندما أرغمه على
الدخول إلى الكهف، وقعت رجل الحصان في الماء،
وإذا به يصهل بصوت مرتفع، وتُسلخ رجله كما لو
أنها وضعت في ماء يغلي، أو في محلول حمضي..
عندما انتبه حمدان عاد بالحصان إلى خارج الكهف ..
فكر بحل آخر ثم قرر أن يذهب إلى أحد
الصيادين، ويأتي بحبل متين، عند عودته وجد أن
"حمجان" أصبح أفضل حالا، فربط إليه الحبل ثم دخل
هو إلى الكهف وربط السلسة بإحكام .

خرج من الكهف وأمر "حمجان" بالتقدم وهو
يساعده بجذب الحبل أيضا وبعد جهد كبير، كان يدخل
الكهف من حين لحين ليرى إنْ كان قد حالفهما الحظ
بصعود شيء ما ..

بعد مدة من الزمن وجهد كبير من حمدان
وحصانه هاهو شيء يظهر قريباً من السطح .. نَعَمْ،
إنَّهُ صُنْدُوقٌ عِمْلَاقٌ، جذبه بكل يسر لأنه عندما ظهر
للسطح أصبح أقل ثِقَلا .. ثم حرر حمدان الحصان من
الحبل .

جلس حمدان أمام هذا الصندوق العجيب الذي
يتسع لإنسان، صندوق يتعادل في الطول والعرض،
بارتفاعٍ كبير مُرَصَّعٍ بالجَوَاهِرِ واللُّؤْلُؤِ والأَصْدَافِ،
مَنْحُوتٌ عَلَيْهِ حورية بحر على ظهر صقر، وفي عين
الصقر ثقب المفتاح .

أخذ حمدان من معطفه الملقى على الأرض،
المفتاح الكبير الذي أحْضَرَهُ مَعَهُ، وأدْخَلَهُ في الثقب،
والعجيب أنَّ الصندوق لم يفتح بالطريقة التقليدية، بل

انفتح كوردة تتفتح وكل جزء يخرج في اتجاه، وكأنها لعبة تتشكل، وما إن بدأ ما في الداخل حتى خرج من الصندوق صقرٌ عملاقٌ وضَرَبَ بِجَنَاحَيْهِ حتَّى سَقَطَ حمدان إلى الوراء على الأرض.

نعم لقد كان صقرًا عملاقًا خرج مع اكْتِمَالِ تَفَتُّحِ الصُنْدُوقِ، واسْتَقَرَّ عَلَى أَعْلَى جُزْءٍ من الصندوق الذي أصبح مسطح الجوانب، عالي الحائط الخلفي له، وفي وسطه صدفة باهرة الجمال عملاقة.

انتثر من جناحي الصقر ريش كثير، وسقط على الأرض، وتحوَّلَ الرِّيشُ لأوراقٍ وكَأَنَّهَا رَسَائِلٌ، لَمَحَ حمدان اسْمَهُ عَلَى إحْدَى الأوْرَاقِ فَرَاحَ يُلَمْلِمُهَا، وَبَدَأَ يَقْرَأُ مَا هُوَ مَكْتُوبٌ عَلَيْهَا.

لقد كانت الأوراق تحمل تواريخ تعود إلى كل أعياد ميلاد حمدان، والذي هو عيد ميلاد "جُمَيْنَة" أيضا فتذكر بأن والدته أخبرته أنها تصحو في كل عيد ميلاد، والرسائل موقعة باسم حبيبتك "جُمَيْنَة"

لم تكن رسائلا بالمعنى الحرفي فقط، بل كانت اقرب للقصائد الشعرية أحيانا، وتحمل الكثير من المعاني والألغاز أحيانا أخرى، رسائل تحمل معنى الحرف ورمزه، رسائل تشرح المشاعر الداخلية والحب الحقيقي.. الوحدة والألم، والكثير من القصص والمعاني..

كانت الأوراق تشرح بعض المناسبات في أحيان أخرى ..

يبدو أن "جُمَيْنَة" قد أصبحت تكتب على الأوراق بعد أن تركتها والدتها "آن" لوحدها، نعم فخالتها كانت كالوالدة لها وقريبتها الوحيدة والتي تعتبر قد سهرت على تربيتها ..

أوراق جُمينة أميرة مملكة الريحان

الريحانة الأولى :

اليوم أصبحت لك جسدا وروح

حبيبي

حمدان حبيبي..

اليوم وقد تركتني والدتي وخالتي حبيبتي الغالية آن..

تركتني وحيدةً في هذا الصندوق المظلم والكهف

المخيف، اليوم وقد

تركتني خالتي، وتَرَكْتْكَ،

وَتَرَكَتْ كل هذا العالم ..

أُحِسُّ بأنني حقا أصبحت

وحيدة ..

لا أمل لي بالحياة من دونك يا حمدان ..

اليوم أصبحت لك جسدا وروح

أنا لك.. أنا لك يا حمدان

يا مالك الروح

قلبي وروحي وسنوات عمري لك

بالأمس لك.. وغدا لك.. حتى تَمَزُّقِي و الجَرُوح

واليوم أُعْلِنُ أنني أصبحت لك بالجسد والروح

حبيبٌ قريبٌ بعيدٌ.. حقيقةٌ أَنْتَ أَمْ شَبَحْ

اليوم أصبحتُ لك.. فأصبحتَ لِي الأهل، الناس والفرح

خَسِرْتُ حَيَاتِي في ظلامٍ فَظَهَرْتَ لِي كَنُورِ الصبح

أَنْتَ الحُبُّ والحياةُ.. أَنْتَ ضمادة الجرح

حمدانُ يا حُرِّيِتِي، يا ريش الجناح

حمدانُ يا امتحان الزمانِ، يا تَفَوُّقِي والنجاح

حمدانُ يا الصَّبْرَ فِي أقداح

قِصَّتُنَا قَدَرٌ وَلَيْسَتْ بِاقْتِرَاح

لا اخْتِيَارَ لِلْقُبُولِ، ولا رفض بالسَّماح

حمدانُ يَا حَلُّ لُغْزِنَا، يَا حَلٌّ يَا مِقْتَاح

أَيُّهَا النَّحْلُ يَا مَنْ لِلْوَرْدِ لِقَاح

أَنَا لَكَ في احْتِيَاجٍ.. فِي احْتِيَاجٍ لِهَذَا البُعْدِ أَنْ يُزَاح

حمدانُ القَلْبُ عَنْكَ فِي نُوَاح

القَلْبُ يُرِيدُ لِلْحُبِّ لَكَ أَنْ يَكُونَ إِعْلَانٌ وإِفْصَاح

حمدانُ يا شَمْسَ القَمَرِ.. يَا شُعَاعَ شَمْسِ الصَّبَاح

حمدانُ يا نُورَ حَيَاتِي.. يَا نُورَ القَمَرِ الوَضَّاح

حمدانُ يَا حَبِيبَ القَلْبِ.. يَا عُنْوَانَ الأَفْرَاح

حمدانُ يَا زَيْتَ القِنْدِيلِ .. يَا ضَوْءَ المِصْبَاح

حمدانُ.. أَيَّهَا العَشْقُ المُبَاح

حمدانُ يَا عَسَلَ التُّفَّاح

حمدانُ يَا بَلَحَ الشَّامِ.. يَا ظَبْيَ الجَزِيرَةِ.. يَا مَلِيحَ المِلَاح

حمدانُ يَا تَاجِي وَالوِشَاح

حمدانُ يَا أَمِيرَ زَمَانِي وَنَصِيحَةَ النُّصَّاح

جُمَيْنَة حُورِيَّتُكَ

عِشْقٌ مِنْ مَمْلَكَةِ الرَّيْحَان

الريحانة الثانية:
إلى حمدان الشاعر قسم والتزام

حَمْدَانُ يَا زُمُرُّدِي الرَّيْحَانِي يَا بَصْمَةَ الأَخْتَام

حَمْدَانُ يَا مُغِيظَ الأَخْصَامِ

مِيزَانُ عِشْقِي شَاعِرٌ نَظَّامٌ

كَلِمَةً كَسَيْفٍ يَقْطَعْ وَيَشْفَعْ وِفْقَ النِّظَامِ

حَمْدَانِي غَرَامِي

قَطَّعْتَها أَوْرِدَتِي بِبُعْدٍ مُقَامِ

حُزْنٌ قَدْ أَصَابَنِي ضِيقًا كَمَا أَصَابَ الحَمَامَ

فَيْضُ مَشَاعِرِكَ أَيْنَهَا مِنْ حُبِّي فِي رُؤَى أَوْ مَنَامِ؟

أَيْنَ نَبَاهَتُكَ مِنْ سُكُوتِي وَأَيْنَ مِنْ عُلُوِّ الكَلَامِ؟

قَلْبِي وَقَسْوَةُ الهَجْرِ الصَّعْبِ فِي احْتِكَامِ

فَهَلْ أَنْتَ القَاضِي..

أَمْ أَنَّ المَظْلُومَ يَا حَمْدَانُ فِي وُجُودِكَ العَادِلْ وَحَضْرَتِكَ

سَيِّدِي لَا يُضَامُ؟

يَا حمدانُ.. اِسْمِي فِي اِسْمِكَ فِي إِدْغَامِ

فَلْتَقْبَل قَلْبِي مُلْكًا لَكَ.. مَلِكْ أَوْ حَتَّى غُلَامَا

أَنْتَ الْحَبِيبُ بَيْنَمَا غَيْرُكَ لَا يُرَامُ

***

.. أَيُّهَا الشَّاعِرُ المِقْدَام

حَمْدَانُ الشَّاعِرْ

أُحِبُّ رَائِحَةَ حِبْرِكَ بَعْدَ أَنْ تُعَطِّرَ يَدُكَ الوَرَقَ بِحُلْوِ الكَلَامْ

أُحِبُّ رَائِحَةَ يَدِكَ الَّتِي تُتْرَكُ فَوْقَ الوَرَقِ عَبَقَ الأَيَّامْ

أُحِبُّ آثَارَ حُرُوفِكَ مَرْسُومَةٌ عَلَى الوَرَقِ بَعْدَ الاسْتِسْلَامْ

أُحِبُّ تَفَاصِيلَ الكَلِمَاتِ وَتَضَارِيسَهَا التِّي تَنْحَتُهَا عَلَى الصَّفَحَاتِ البَيْضَاءِ كَأَنَّهَا مُدُنٌ وَعَوَاصِمُ صَارَتْ أَعْلَامْ

فَتَمُدُّ الأَوْرَاقَ بِحَيَاةٍ تَبْقَى عَلَيْهَا كَجَنَّةِ الأَرْضِ وَالأَنْعَامْ

بَعْدَ أَنْ تُفَارِقَ يَدُكَ الوَرَقَ بِإِحْرَامْ

كَأَنَّكَ أَعْلَنْتَ حُكْمَ الإِعْدَامْ

مَتَاهَاتٍ مَلِيئَةٌ بِالأَلْغَامْ

مُعْضِلَةٌ هِيَّ لَحْظَةُ مُغَادَرَةُ يَدِكَ لِلْوَرَقِ كَأَنَّهُ عُنْفٌ
وَإِجْرَامْ
وَلَكِنَّ الْوَرَقَةَ الْمِسْكِينَةَ تَرْوِي حِكَايَتَهَا مَعَ يَدِكَ يَا طَوْقَ
اليَمَامْ
وَأَنَا كُلِّي سَمْعٌ وَاسْتِمَاعٌ بِإِنْصَاتٍ وَاهْتِمَامْ
وَحُبٍّ بِضَيَاعٍ مُلَامٌ وَإِيهَامْ
قِصَّةُ الْوُرَقَةِ الْمِسْكِينَةِ تُشْبِهُ قِصَّتِي يَا سَادَة يَا إِكْرَامْ
فَقَاتِلُنَا شَخْصٌ وَاحِد أَميرٌ مِنَ السَّادَةِ الْكِرَامْ
نَرْوِي قِصَصَنَا لِبَعْضِنَا وَكُلٌّ تُصَبِّرُ الْأُخْرَى بِشَدِّ الزِمَامْ
عَاشِقٌ مَجْرُوحْ وَعَاشِقٌ بِالْعِشْقِ يُدَاوِي الجُرُوحْ،
وَدُمُوعُنَا فِي خِضَمِّ الزِّحَامْ
يَدُكَ حَبِيبَتِي، قَاتِلَتِي، طَبِيبَتِي وَمُعَالِجَتِي تُسَطِّرُ السُّطُورْ
وَتَبُثُّ الْعُطُورْ فَتُهْدِي السَّلَامْ
يَدُكَ حَبِيبِي عَبْرَ الْعُصُورْ تَقْطِفُ النُّجُومَ مِنَ السَّمَاء
وَتُزَيِّنُ عُنُقِي كُلَّ مَسَاء كَأَنَّهَا رِهَامْ
تَجْمَعُ الزُّهُورْ وَتَعَبِّقُ الْبُخُورَ بِانْسِجَامْ

يَدُكَ مُبَارَكَةٌ مِنَ السَّمَاءْ، لَا تُوضَعُ إِلَّا عَلَيَّا مِنْ بَيْنِ النِّسَاءِ والأَرْيَامْ
يَدٌ تَفْعَلُ مَا تَشَاءْ وَقْتَ مَا تَشَاء، يَدُ حَبِيبِي القِسُّ الإِمَامْ

حَبِيبتُكَ الحُورِيَّة جُمَيْنَة
أَمِيرَةُ مَمْلَكَةِ الرَّيْحَان

الريحانة الثالثة :

حمدانُ يَا مُرَوِّضَ الجِيَّاد

حمدانُ يَا حمدانُ يَا وِدَاد

مُرَوِّضٌ لِلْحُبِّ وَالجِيَّادِ

حُبِّي لَكَ اليَوْمَ وَكُلَّ يَوْمٍ

بِعِشْقٍ يَزْدَادُ

حَمْدَانُ حُبِّي مِنْكَ اسْتِمْدَادُ

أَثْمَارُ العِشْقِ الوَهَّاجِ

عَجُولٌ يَا وَصْلُ خَيْرُ

الحَصَادِ

حمدانُ يَا ابْنَ الأَصْلِ

والأَجْوَادِ

يَا سَيِّدَ الأَسْيَادِ

يَا قُرْبَ الفَرَحِ وَالأَعْيَادِ

حمدانُ يَا رُوحَ الوِدْ

يَا رُوحِي بَيْنَ الِاقْتِرَابِ وَالبِعَادِ

يَا زَبَدَ البَحْرِ وَعُمْقِهِ الرَّكُودِ يَا مَدْ

يَا طَبَقَاتَ الأرْضِ وَالعِبَادِ

حمداني .. يَا أَهْلِي.. أَصْلِي وَالامْتِدَادْ

يَا مُضْغَةَ القَلْبِ أَ حَمْدَانُ.. أَ فِلْذةَ الكَبِدْ

حمدانُ.. يَا زَادِي وَالعَتَادِ

أُحِبُّكَ اللَّيَالِي بِطُولِهَا وَلَوْ بِلَا تِعْدَادِ

أُنَاجِيكَ وِجْدًا بِفَرَحٍ وَأَمَلٍ وَلَيْسَ بَالأَلَمِ وَالحِدَاد

جُمَيْنَتُكَ وَحُورِيَتُكَ يَا وَطَنَ الرَّيْحَان

لَيْتَ شِعْرِي عَنْ حَبِيبٍ يَا حَبِيبِي

يَسْبَـــــحُ الْبَحْرَ، وَيَشْدُو بِالْغِنَـــــا

كَيْفَ شَعْرِي لِلْأَغَانِي مَا اكْتَرَثْ...

مَـــالِكُ الشِّعْـــرِ وَكُلِّي يَا هَنَـــا

خَمْرُ صَوْتِكْ يُطْرِبُ الشَّعْرَ الطَّوِيلْ

حِينَــهَا رَقْصًا تَمَايَلْ فِي الفَضَـــــا

أَيْنَ أَنْتَ مِنْ كُؤُوسِ العِشْقِ يَا غَرَا

مِـــي؟ أَنَـــا بَيْنَ الجَوَى وَاللِّقَـــــــا

يَا وُعُودِي أَوْصِلِي عَنِّي حَنِينِي

وَأَخْبِرِي حَمْدَانَ أَنَّنِي هَـا هُنَــــا

يَا جُنُودِي بَرْهِنِي أَوْ رَدِّدِي يَـا

يَا غَرَامُ أَيْنَ حَمْدَانُ الـــــــهَوَا؟

يَا وَلِيفِي اِسْأَلِ الأَصْدَافَ عَنِّـي

وَالبِحَارَ وَالجُمَـــــانَ صَادِقَـــــا

يَا وَرِيدِ عَازِفَ لَحْنٍ، وَتَرُ القَلْـ

ـبِ الحَزِينِ، مَا القَدَرْ ؟ يَا وَفَـــا

اِنْتَظِرْ يَا .. يَا قَصِيدِي فَارِسًـــا

يَفْهَمُ المَعْنَــــى، قِرَاءَةً بِالذَّكَـــــا

جُمَيْنَتُكَ

يَا رَيْحَانَةُ عُمْرِي

حَمْدَانُ رُوحُ الرَّيْحَان

الريحانة الخامسة :
حمدانُ يَا وَعْدَ الزَّمَان

حمدانُ يَا وَعْدَ الزَّمَانِ

حمدانُ يَا حِصْنَ الأَمَانِ

هَلْ قَلْبُكَ كَقَلْبِ حَمَدٍ الذِّي وَعَدَ بِالحُبِّ "آن"

حمدانُ

يَا رُوحَ جُمَيْنَةَ ابْنَةَ الجُمَانِ

حمدانُ يَا أَمِيرَ اللُّؤْلُؤِ ..

يَا سِرَّ البَقَاءِ وَرَمْزَ الحَنَانِ

حمدانُ يَا مُغِيرًا عَلَى الإنْسِ وَالجَانِ

حمدانُ يَا زِينَةَ الرِّجَالِ، يَا سَيِّدَ الأُمَرَاءِ وَالفِتْيَانِ

حمدانُ يَا مَنْ فَجَّرَ مِنَ الحُبِّ دَاخِلِي بُرْكَان

حمدانُ يَا مَنْ لِقَلْبِي صَارَ سُلْطَان

حمدانُ يَا فَارِسَ الفُرْسَانِ

حمدانُ يَا قَصْرًا بَيْنَ البُنْيَانِ وَالعُمْرَان

حمدانُ يَا لُؤْلُؤًا مَكْنُونًا بَيْنَ المُرْجَانِ

حمدانُ يَا حَرِيرَ الصَّدَفِ يَحْمِي الجُمَان

حمدانُ يَا جَوْهَرَةَ التِّيجَان

حمدانُ يَا قَلْبِي الذِّي يَعْزِفُ الأَلْحَان

حمدانُ يَا عَرَبِيٌّ.. مَا أَنْتَ مِنَ الفُرْسِ وَلَا الرُّومَانِ

قَلْبِي قَلْبٌ مِنَ المُحِيطِ إِلَى الخَلِيجِ مُرُورًا بِاليُونَان

لَمْ يَسْتَقِرَّ إِلَّا فِي قَلْبِكَ يَا حَمْدَانُ

مَا كَانَ العَاشِقُ المُحِبُّ يَوْمًا مُهَانُ

فَأَيْنَ أَنْتَ مَنَ الهَوَا ؟ وَأَيْنَ أَنَا مِنْكَ يَا حَمْدَانُ؟

طَالَ بِي الزَّمَانُ، وَلَا أَقْدِرُ بِدُونِكَ حَتَّى عَلَى الثَّوَانِ

حمدانُ يَا زِينَةَ المَيْدَانِ

يَا رَاعِيَّ الطِيبِ .. يَا حَامِيَّ القُرْآن

حمدانُ يَا طِيبَ العُودِ وَعِطْرَ الرَّيْحَانِ

حمدانُ يَا وَاسِعَ العَيْنَيْنِ .. يَا نَاعِسَ الأَجْفَانِ

حمدانُ يَا حَارِسَ الدَّمْعِ وَمُبْعِدَ الهَوَانِ

أَحَبَّتْكَ جُمَيْنَتُكَ مُنْذُ غَابِرِ الأَزْمَانِ

وَهِيَّ تُحِبُّكَ اليَوْمَ بِزَاهِي الأَلْوَانِ

حمدان ُ

يَا أَخْضَرَ الرَّبِيعِ يَا زَهْرَ الأُقْحُوَانْ
حمدانُ
يَا شَمْسَ الصَّيْفِ يَا شَاطِئَ تِيطُوانْ
يَا نَصَاعَةَ الأَصْفَرِ الذَّهَبِي يَا ذَهَبَ كُنُوزِ الجَانْ
حمدانُ
يَا لَوْنَ البُرْتُقَالِ.. يَا أَوْرَاقَ العُمْرِ وَحُمْرَة الخَّدَانْ
حمدانُ
يَا أَبْيَضَ الثَّلْجِ.. يَا أَمْطَارَ الخَيْرِ وَالغُفْرَانْ
يَا دِفْءَ القَلْبِ فِي شِتَاءِ البَشَرِ.. يَا جَمَالَ آدَمَ الإِنْسَانْ

***

حَمْدَانُ
يَا مَنْ لِلْقَلْبِ خَفَقَانْ
يَا مَنْ يَسكُنُ الرُّوحَ وَالوِجْدَانْ
يَا مَنْ لِلْوَرْدِ جِذْعٌ وَأَغْصَانْ
يَا كَبِدَ الحَنَانْ وَقَسْوَةَ الصَّوَّانْ
حَمْدَانُ يَا اسمَكَ الرَّنَّانْ
حَمْدَانُ يَرْعَاكَ الله الرَّحْمَنْ

يَا مَنْ لَا مَثِيلَ لَهُ بَيْنَ الأَقْرَانْ

يَا بَصَرَ الحُبِّ لِلْعُمْيَانْ

يَا بَدْرَ الزَّمَانْ

يَا قُوَّةَ الشُّجْعَانْ

يَا قَاهِرَ الطُغْيَانْ

حَمْدَانُ يَا جَمَالَ البَيْلَسَانْ

يَا حُلَّةَ الثَّلْجِ تَلْبَسُهَا لُبْنَانْ

يَا بَهَاءَ الشَّامِ وَعَمَّانْ

يَا لُؤْلُؤَةَ الخَلِيجِ و شَاطِئ عُمَانْ

يَا نُجُومَ السَّمَاءِ بِأَلْوَانْ

جُمَيْنَتك يَا حَمْدَان يَا بَرِيقَ الجُمَانْ

الريحانة السادسة :

حَمْدَانُ يَا مَنْ لِلْجُمَيْنَةِ عَالَمُ

فَرَسٌ قَدْ قَطَعَتْ بَحْرَ غَرَامِـــكَ

بَيْنَ الْبُحُورِ وَالسُّيُوفِ عَوَالِـــمُ

تَجَاوَزَتْ بَحْرَ الْبَشَرِ وَخَلِيجَ الـ

عَرَبِ، وَالْبَنَاتُ كُنَّ قَوَائِـــــمُ

وَالرُّوحُ هَارِبَةٌ إِذَا اسْتَقْبَلْتَهَــــا

فَأَقِم لِلْغَرَامِ الفَرَحَ مَرَاسِــــــــمُ

يَا أَيُّهَا الشَّاعِرُ، يَا مَنْ بِالْقَلَــمِ

سَلَبْتَ خُلْدِي بِاخْتِلَافِ مَوَاسِــمِ

هَا قَدْ أَتَيْتُ بِكَامِلِ أَنَاقَتِـــــــي

وَالحَرْفِ يَا حَمْدَانُ كُلُّ عَالَــمِي

جُمَيْنَةُ حَمْدَانْ أَمِيرَةُ الرَّيْحَانْ* زُمُرُّدُكَ الرَّيْحَانِي

الريحانة السابعة :

هل تدرك الروح؟

يَا سَاكِنَ القَلْبِ هَلْ تَدْرِي قَدْ نَلْتَقِي؟

أَدْرَكْتَ حُبًّا، فَهَلْ تُدْرِكُ رُوحِي؟

يَا عَاشِقَ الرُّوحِ هَلْ تَحْظَى بِتَوْأَمِكَ؟

إِنْ ضَاقَتِ الدُّنْيَا فِي قَلْبِهِ ارْتَاح

يَا نَبْضَ غَرَامِي عَدِّلْ نِظَامَـــكَ

فَأَنْتَ لِلصَّقْرِ نَبْضٌ وَحُرُّ الجَنَـــاح

يَا دَوْلَةَ العِشْقِ وَالوَلَهِ، يَا مُلْهِمِي

نَقَشْتُ قِصَّةَ حُبِّـــي لَكَ فِي أَلْـــوَاح

لَا صَوْتَ لِلْأَوْتَـــارِ فِي غِيَابِـــكَ

بُلْبُلُكَ الصَّدَّاحُ صَوْتُـــهُ بَحُـــوح

وَأَيْنَ أَيْنَاكَ ؟ زَيِّنْ المَسَاءِ بِـــكَ

الوَرْدُ قَدْ ذَبُلَتْ أَوْرَاقُهُ مِنَ قُوَّةِ البُوح

إِنْ حَالَ بُعْدٌ بَيْنَنَا مَالِي سِـــوَاكَ

وَلَوْ ظَنُّوهُ جُمُوحُ جُنُونٍ طَمُـــوح

لَوْ لَمْ يَكُنْ بَيْنَنَا حَاجِزٌ فَاتِــــكُ
أَنْتَ أَنَا .. غَرَامُنَا حَلَالٌ وَسَمُــوح

أَمِيرَتُكَ الَّتِي تَنْتَظِرُكَ
يَا حَمْدَانْ عِطْرَ الرَّيْحَانْ

الريحانة الثامنة :
حَمْدَانُ صَاحِبُ الحُسْنِ بَدْرُ التَّمَام

حمدانُ صَاحِبُ الحُسْنِ

حمدانِي

حمدانُ يَا حُسْنَ يُوسُفَ النَّبِيُّ

يَا مَنْ لِلْحُسْنِ عِنْدَهُ مَقَامُ

فَالحُسْنُ فِيهِ عَدْلٌ وَظَالِمُ

وَالرِّمْشُ خَطُّ قَلَمٍ رَسَّامٍ

الخَدُّ حَرِيرَ مِصرَ وَالشَّامُ

شَمْسُ الثَّغْرِ بَاسِمٌ

نَظْرَةُ العَيْنِ صَقْرٌ هَاجِمٌ

وَالشَّعْرُ أَمْوَاجٌ بَحْرٍ عَارِمٌ

وَالأَنْفُ شَامِخُ الجِبَالِ، تَارِيخُ الأَصْلِ العُلَا أَهْرَامٌ

وَاللِّحْيه مَرْسُومَةٌ كَجُنْدٍ، صَرَامَةٌ نِظَامٌ

وَلُؤْلُؤُ الجَبِينِ بِالحَيَاةِ أَلْمَامُ

أَيَا عَرِيضَ الكَتِفَيْنِ أَسَدٌ ضِرْغَامٌ

السَّاعِدْ فِي حَزْمٍ، إِقْدَامٍ وَالاعْتِصَامٌ

يَا مُنْقِذِي حَمْدَانُ أَنْتَ فَاسْأَلْ عَنِّي عَنِّي الأَقْزَامُ

حَسْنَاؤُكَ الَّتِي عَنِ النَّاسِ تَنَامُ

فَأَدْرَكَتْ حَفْلَتَكَ الأَحْلَامُ

وَضَيَّعَتْ حِذَاءَهَا.. فَوَجَدْتَهُ أَيَا أَمِيرَهَا الهُمَامُ

يَا وَحْشَ البُعْدِ ابْتَعِدِ لِيَظْهَرَ لِلْجَمِيلَةِ أَمِيرُهَا بَدْرُ التَّمَامِ

حَبِيبِي بَارِيسُ نَادَتْ اسْمِي بِاهْتِمَامْ

جَزِيرَةُ العَرَبِ تَجْذِبُ رُوحِي.. تَجْذِبُنِي كُلِّي بِالقُوَّةِ

إِحْكَامُ

حَبِيبِي أَنْتَ تَحْمِينِي مِنَ الأَيَّامِ

أَنَا اَنْتَظِرُ حُبَّكَ إِلَى أَنْ يَحِلَّ الخِتَامُ

فَأُغْمِضُ العُيُونِ وَقَلْبِي مَلِيءٌ بِحَمْدَانَ قَلْبِي وَبِالسَّلَامْ

أُوَدِّعُكَ وَأُودِعُكَ هَذَا قَلْبِي هَزَمَتْهُ دُنْيَا.. دُنْيَا الآلَامْ

حَبِيبَةُ حَمْدَانْ

جُمَيْنَةُ مَمْلَكَةِ الرَّيْحَانْ

الريحانة التاسعة :
عيونك حروف القصيد

عُيُونَكْ حَبِيبِي أَحْلَى قَصِيدْ

خَلِّنِي أَنْغِمِسْ فِي عَسَلْ عُيُونَكْ وَأَنَا سَعِيدْ

أَفْرَحْ أَنَا بِكْ، وَإِنْتَ تِفْرَحْ بِحُبٍّ جِدِيدْ

مَتَى تِقُولْ لِي :

يَا الرُّوحْ إِنْتِ حُبِّي الوَحِيدْ ؟

أَبَا أَكُونْ فَرْحِتَكْ وَسَعَادَة العِيدْ

أَبَا دَايِمْ جَنْبِكْ، كُلْ سَاعَة.. كُلْ حِينْ..

اليُومْ قَبِلْ بَاشِرْ، اليُومْ وَكُلْ يُومٍ جِدِيدْ

عُيُونِكْ حَبِيبِي أَحْلَى قَصِيدْ

رُمُوشِكْ قَوَافِلْ القَوَافِي، مُحَمَّلَهْ بِالعَسْجَدْ

والشِّفَاه تَحْمِلُ مُزْنِ الوَزْنِ، والشَّهْد

والعَقْل رِزِينْ، يَعْرِفْ وِينْ بَيْتِ القَصِيدْ

الشَّطْر يَغَارْ إِذَا اِنْشَطَرْ.. شَطْر الحَدِيدْ

144

وَالصَّدْرِ يِحْتَار وَالبُعْدِ يِضْنِيهُ ..

وَمَالَهْ حِيلَة إِلَّا يَنْتِظِرْ، وِإِنْ كَانْ بِعِيدْ

عِجَزْ اللِّسَانْ يَلْقَى لِصَدْرِ البِيتْ عَجْزٍ، فَرِيدْ ..

يِعَجِّزَهْ أَكْثَرْ أَوْ يِرَدْ لَهْ خَبَرْ.. يَحْقِنْ الوُرِيدْ

قَصَائِدِي وَحُرُوفِي تَرْوِي سِرَّ ضَمَئِي وَ وِجْدَانِي

جُمِيْنَتُكَ حَرْفُكَ

حمدان سندباد البحار

أَيَا لَيْتَنِي سَاعَةٌ فِي يَـــدِكْ

فَأَتْبَعُ نَبْضَكَ فِي كُلِّ عَصْـــرِ

أَلَا لَيْتَنِي غُتْرَةً يَا حَرِيـــرُ

خُلِقْتُ لِأَجْلِكَ قُطْنٌ وَزَهْـرُ

أَلَا لَيْتَنِي فِي حُضُورِكَ مِرْآ

ةُ حُبٍّ فَتَعْكِسُ وَجْهًا مُنِيـــرُ

أَلَا لَيْتَنِي قَمَرٌ فِي عُيُـــــونِ

حَبِيبِي، بِحُبِّهِ حُبِّي جَدِيـــرُ

أَلَا لَيْتَنِي نَغْمَةٌ فِي عَمِيـــقِ

خَيَالِكَ وَالذَّاكِـــرَهْ كَالخَرِيـــرُ

أَلَا لَيْتَنِي فِي الغِيَابِ حُضُـــورُ

فَحَاضِرَةٌ غَائِبَهْ يَا قَمَـــــرُ

أَلَا لَيْتَنِي قَلْبُكَ الصَّقْرُ قَلْبِـــي

خَيَالُكَ ظِلِّي وَأَمْطَارُ خَيْـــرِي

أَلَا لَيْتَنِي ضِحْكَةُ الحُسْنِ بَادِي

أَيَا ضِحْكَةً .. سُكَّرُ يَا غَدِيـــــرُ

أَلَا لَيْتَنِي فِي عُيُونٍ وَسِيعَــة

بُحُورُ، وُقُرّة عَيْنِي المَصِيـــــــرُ

أَلَا لَيْتَنِي أَنْتَ لِي أَوْ أَنَا لَــكُ

فَكُلِّي وَبَعْضِي وَجُزْئِي نَذِيـــــرُ

أَلَا لَيْتَنِي طِيبُكَ العِطْرُ أَنْفَـــا

سُكَ الجَنَّةُ الخُلْدَ طِيبِي وَعِطْـرِي

أَلَا لَيْتَنِي نَجْمَةٌ فِي عُيُـــــونٍ

حَبِيبِي، فَإِنَّهُ شَمْسِي وَبَـــــدْرِي

أَلَا لَيْتَنِي وِجْهَةُ الحُبَّ بَارِيـــ

سُ، لَنْدَنُ، حَمْدَانُ، فَجْرٌ وَعَصْرُ

أَلَا لَيْتَنِي بَيْتُكَ المُسْتَقَــــــرُّ

وَبَيْنَ الحَنَايَا مَحَلُّكَ قَصْــــــرُ

أَلَا لَيْتَنِي قُرْبُكَ .. اليَوْمَ جَنْبِي

أَمِيرِي وَصَاحِبَ أَمْرِي وَعُمْـرِي

أَلَا لَيْتَنِي خَمْرُكَ السُّكْرُ سُكْرِي

وَصَحْوُكَ صَحْوِي، فَحَمْدَانُ خَمْرِي

أَلَا لَيْتَنِي فِي صَلَاتِكَ لِي دَعْـــ

ـــوَةٌ، فِي سُجُودِك وِجْدِي وَأَمْــرِي

أَلَا لَيْتَنِي فِي لِسَانِكَ حَـــــرْفٌ

أَنَا هَمْسَةُ اللَّيْلِ نَسْمَاتُ فَجْـــــر

***

سِنْدِبَاذُ البِحَارِ

حَبِيبِي وَحُبِّي لَهُ حُرُّ قَرَارِ

مُغَامِرٌ وَطُيَّارُ

وَفِي البَحْرِ غَوَّاصٌ إِلَى أَعْمَاقِ القَرَارِ و الأَغْوَار

فَهَلْ عَتَقْتَ فِي البَحْرِ يَخْتًا أو فِي البَرِّ مِنْطَادًا يَا قَائِدُ يَا بَحَّارُ ؟

مُغَامِرٌ صَيَّادٌ.. وَهِوَايَاتُهُ أُلْعَابٌ وَأَخْطَارُ

يَا خَاطِفَ الأَنْفَاسِ.. بِالخَطَرِ فِي البَدْوِ وَالحَضَرِ

فِي الهَوَاءِ وَالسَّمَاءِ، البَرِّ وَالبَحْرِ

حَرَمْتَ عُيُونِي النَّوْمِ يَا نُورَ البَصَر
حمدانُ.. رِفْقًا بِقَلْبِ جُمَيْنَةَ قَدْ يَنْكَسِرُ
وَإِنْ غِبْتَ عَنِّي زُمُرُّدُكَ سَوْفَ يَنْدَثِرُ
وَلُؤْلُؤُكَ، جُمَانُكَ دَمْعٌ سَيَنْهَمِرُ
إِلَى الأَعْمَاقِ يَعُودُ أَدْرَاجَهُ.. وَهُنَاكَ المِسَاحَةُ تَنْحَصِرُ
فَلَا شَمْسٌ وَلَا ضَوْءَ قَمَرْ
وَبَعْدَكَ عُيُونِي حَرَّمَتِ النَّظَرْ
أَلَا لَيْتَنِي مَحَّارَةٌ تَحْمِيكَ مِنْ سُوءِ النَّظَرْ
فَكُنْ حَبِيبِي سَالِمًا يَا وَرْدَ عُمْرِي وَكُلَّ العُمْرْ
وارْأَفْ بِقَلْبِ جُمَيْنَتِكَ مِنَ الخَطَرْ
فَلَا تَغْطِسْ بِدُونِي فِي بِحَارِ الحُبِّ وَالبَشَرْ
وَلَا تُغَرِّدْ مَعَ الطُيُورِ وَحَبِيبَتُكَ هَا هُنَا تَنْتَظِرْ
فَلَا غِنَاءَ لِي وَلَا حُبٌّ بِدُونِكَ يَنْتَصِرْ
فَكُنْ رَبِيعِي وَوَرْدَ الرَّبِيعِ وَالعِطْرْ
اسْقِي عُرُوقِي، بُثَّ الحَيَاةَ فِي هَذَا النَّحْرْ
يَا حَمْدَانُ مُزنَ الخَيْرِ وَرَائِحَةَ المَطَرْ

لَا تَمْشِي عَلَى الرّمَالِ، وَامْشِي عَلَى رِمْشِي، أَوْ رِمْشِي
يَنْتَحِرْ

أُغطِيكَ بِشَعْرِي، وَالْقُبَّعَةُ لِأَنَّهَا مُؤَنَّثَةٌ أَمَرْتُهَا لِتَنْتَحِرْ

وَلَا مُؤَنَّثَةٌ فِي حَيَاتِكَ غَيْرِي.. فَإِنْ كَانَتْ سَمَاءٌ فَلْتَعْتَصِرْ

وَأَرْضٌ فَلْتَنْفَجِرْ

وَسَحَابَةٌ بِأَمْطَارِهَا فَلْتَخْتَنِقْ، وَدِمَاؤُهَا فَلْتَنْهَمِرْ

وَصَحْرَاءٌ فَلْتَكْتَسِي بِرِمَالِهَا لِتَتَنَكَّرو لْتَنْغَبِرْ

وَعن وَاحَاتِهَا وَيَنَابِيعِهَا فَلْتَنْفَطِرْ

وَوَاحَةٌ فَلْتُصْبِحْ سَرَابَا وُغُبَارًا فَلْتَنْتَثِرْ

وَخَيْمَةٍ مِنْهَا أَوْتَادُهَا فَلْتَنْتَفِضْ بِحَرِيَّةٍ أو لِتَنْكَسِرْ

وَمَدِينَةٌ فَلْتَقْفُرْ وَلْتَتَصَحَّرَ أو مِنَ الْخَرِيطَة فَلْتَنْبَتِرْ

وَشَمْسٌ مِنِّي فَلْتَنْكَسِفْ، وَلْتَغْرُبْ وَلْتَسْتَتِرْ

وَنَجْمَةٍ فَلْتَتَلَاشَى وَلْتَنْتَشِرْ وَلتَنْكَدِرْ

وَأَشْجَارٌ فَلْتَتَجَرّدْ وَلْتَنْصَهِرْ

وَسَيَّارَةٌ فَلْتَتَحَوَّلْ لِيَخْتٍ فِي بَحْرٍ يَنْتَظِر

وَطَائِرَةٌ فَلْيُغَيِّرْ مَسَارَهَا الْمَدَارُ وَالْمَطَرْ

بِقُدْرَةِ الْقَادِرِ الْقَدِيرِ وَالْقَدَرْ

وَسَفِينَةٌ كَمَا التَّايْتَنِكْ لِنِصْفَيْن فَلْتَنْشَطِرْ

وَلْتَغْرَقْ مَعَ حَضَارَاتٍ أَصْبَحَتْ خَبَرْ

أَوْ مُحِيطَاتِي تُخْفِيهَا بِلَا خَبَرْ

وَسَاعَةٌ عَلَى مِعْصَمِكْ.. فَلَنْ يَنْفَعَكِ يَا سَاعَةُ أَلْمَاسٌ وَلَا
حَجَرْ

فَيَا سَاعَةَ الرَّمْلِ هَذَا المِعْصَمُ لِي وَقُضِيَ الأَمْر

ارْجِعِي مَعَ الغُبَارِ إِلَى أَصْلِكِ الوَعِرْ

وَيَا نَظَّارَةَ الشَّمْسِ ابْتَعِدِي عَنْ عُيُونِ حَبِيبِي رَفِيقِ
السَّهَرْ

فَجَمَالُ عُيُونُ حَبِيبِي العُمُرْ

لِي سَعَادَةُ البَصَرْ

فِيهَا كُلُّ عَالَمِي قَدْ أُخْتُصِرْ

فِيهَا أَنَا صِرْتُ أَمِيرَتَهُ بَيْنَ البَشَرْ

عُودِي أَدْرَاجَكِ إِلَى أَرْمَانِي وَصَحِّحِي لَهُ البَصَرْ

أَوْ ابْنِ الهَيْثَم وَتَبَاهَيْ بِزُجَاجِكِ الشَّفَافِ الذِّي يَحْجُبُ
النَّظَرْ

أَوْ أُخْفِيكِ أَنَا عَلَى إِحْدَى الجُزُرْ

يَا آلَةَ التَصْوِيرِ أَلَا تَهَابِينَنِي؟.. يَا عَجِيبَ الأَمْرْ

فَأَنْتِ وَبَنَاتُكِ كُلُّكُنَّ إِنَاثٌ يَا صُوَرْ

اِبْتَعِدِي عَنْ طَرِيقِي يَا قَبِيلَةَ الغَجَرْ

صُوَرٌ مُغْرِيَاتٌ وَمَنَاظِرُ تَجْذِبُ، تَشُدُّ لِلصُّوَرْ

وَآلَةٌ بَيْنَ يَدَيْ حَبِيبِي وَأَنَا نَارُ الجَمْرْ

فُؤَادِي يَحْتَرِقُ بِلَا صَبَرْ

وَقَلْبِي يَنْقَبِضُ وَيَنْعَصِرْ

وَنَبْضِي يَنْخَفِضُ وَيَنْحَدِرْ

وَأَنْتِ يَا آلَةَ التَّصْوِيرِ تَتَبَاهَيْنَ أَمَامَ حَمْدَانَ بِبَنَاتِكِ الصُّوَرْ

أَلَا لَيْتَنِي لِحمدان سُلْطَانِي النَّظَرْ وَالصُّوَرْ

أَلَا لَيْتَنِي لِحمدان قَدَرِي النُّورَ وَالقَمَرْ

أَلَا لَيْتَنِي لِحمدان العَرَبِي البَدْوَ وَالحَضَرْ

أَلَا لَيْتَنِي لِحمدان الفارس الفَرَسَ وَالصَّقْرُ

أَلَا لَيْتَنِي لِحمدان الصّياد العُدَّةَ وَالنَصَرُ

أَلَا لَيْتَنِي لِحمدان الشَّاعِرُ القَلَمَ وَالحِبْرُ

أَلَا لَيْتَنِي لِحمدان الكّاسِرُ النَّظْمَ وَالشِّعْرُ

أَلَا لَيْتَنِي لحمدان الشَّاعِرِيّ الجَوَّ وَالمَطَرُ

أَلَا لَيْتَنِي لحمدان السندباد البَرَّ وَالبَحْرُ

أَلَا لَيْتَنِي لحمدان الغلا السَّمَاءَ وَالنَّهْرُ

أَلَا لَيْتَنِي لحمدان أَمِيري المَاءَ وَالتَّمْرُ

أَلَا لَيْتَنِي لحمدان حبيبي الحُبَّ وَالقَدَرُ

أَلَا لَيْتَنِي لحمدان حمداني القَلْبَ وَالفِكْرُ

أَلَا لَيْتَنِي لحمدان عُمْرِي مِئَة عُمْرٍ وَعُمْرِي

حُورِيَّةُ البِحَارْ جُمَيْنَةُ حَمْدَانْ

جُمَيْنَتُكَ بِحَارُكَ الزّمُرُّدِيَّة

الريحانة الحادية عشر :
حمدان جُمينة يَا رُوحَهَا

يَا قَلْبُ جُمَيْنَةَ يَا

رُوحَهَا

غَيْمَةٌ غَيْثٍ.. خَيْرُهَا

نَجْمَةَ اللَّيْلِ فِي نُورَهَا

وَرْدَةَ الحُبِّ في عِطْرِهَا

لِلْجُمَيْنَةِ نَبْضَاتُهَا

نَوَّار حَدَائِقِهَا

بُنُّ يَا هِيلُهُ فِي قَصْرِهَا

مَوْلَاهَا

أُعْلِنُ العِشْقَ إِذْ حَقًّا أَعْنِيهَا

يَا مَالِكَ الرُّوحِ يَا مُحْيِيهَا

يَا قِصَّةَ عِشْقِي ، أَلَيْسَتْ مَنْ ..

شَهْرَزَادٌ تَرْوِيهَا

هِيَّ إِحْسَاسِي وبِصِدْقٍ لِقَلْبِكَ أُهْدِيهَا

اللَّيَالِي تِلْكَ بِأَلْفِ لَيَالِيهَا

فِي انْتِظَارِكَ أُمْضِيهَا

لَكَ وَرْدَةُ حُبِّكَ فِي ..

قَلْبِي أَسْقِيهَا

وَضَفَائِرُ شَعْرِي لِأَجْلِكَ دَوْمًا أَحْمِيهَا

يَا عُيُونِي ..لَا لِلْرِّجَالِ فَلَا تَنْظُرِي ..لَا وَلَا

اسْمَعْ يَا حُبُّ لَكَ العَهْدُ أَنْتَ عُيُونِي صَاحِبُهَا

أَنْتَ رَاعِيهَا

شَهِدَ القَمَرُ النُّورَ يومَ وِلَادَتِهَا

إِنِّي أَحْيَاهَا لِأُعْلِنَهَا

سَأَحِيكُ تَفَاصِيلَهَا

فِي كُلِّ مَسَاءٍ عَلَى ..

ضَوْءِ الحُبِّ أَسْرُدُهَا

هَا أَنَا

أَحْيَاهَا لِأَحْكِيهَا

فِي لَيْلَةِ لَيْلِ اكْتِمَالِ البَدْرِ سَأَضْوِيهَا

خَبَّأْتُ الأَسْرَارَ فَوْقَ الهِلَالِ لِأَحْمِيهَا

فِي بَسَاتِينِي ..

لَوْ ثِمَارُ الرَّبِيعِ كَحُبٍّ أَجْنِيهَا

إِنَّ قِصَّتَنَا فَرَسُ البَحْرِ بِيضَاءُ، شَهْلَاءُ، دَامِيَّةٌ، جَمْرَاءُ

حَمْرَاءُ..

كَالرِياحِ لِعَاصِفَةٍ هَوْجَاء.. فَرَسِي.. أَمْتَطِيهَا

قِصَّتُنَا هِيَّ مَحَّارَةٌ..

فِي سُبَاتٍ أَحْيَا فِيهَا

يَا تَاجِي..

وَأَسَاوِرَ عُمْرِي أُغْلِيهَا

يَا نَجْمَةَ حُبٍّ أَعْلِيهَا

أَنْقُشُ الأَبَدِيَّةَ فِي حُبِّنَا

إِلْيَاذَةُ عِشْقٍ بِنَارِ الجَوَى..

بِحُرُوفٍ مِنْ نُورْ أَرْسُمُهَا

إِلْيَاذَتُنَا

هِيَ مِنْ قِصَصِ العِشْقِ السَّرْمَدِيَّة أَنْتَ أَنَا

بِتَفَاصِيلِهَا

سَوْفَ أَنْقُشُهَا

أَكْتُبُ التَّارِيخَ غَرَامِي عَلَى السَّمَوَاتِ فَسَابِعُهَا

أَنْحُتُ الوِجْدَانَ عَلَى أَرْضٍ وَمَعَالِمِهَا

يَا مَلْحَمَةَ الوِجْدِ لَا

لَا تَسْتَعْجِلِي دَمْعِي وَالعَنَا

لَوْ مَهْمَا جَرَى

إِنْ غَابَ حَبِيبِي الأَرْضُ بِشِرْيَانِي وَدِمَائِي أَسْقِيهَا

أَمَّا

إِنْ حَانَ اللِّقَاءُ بِدَمْعِ الأَفْرَاحِ كُلَّ الوُجُودِ سَأَرْوِيهَا

حُورِيَّةُ قَلْبِكَ جُمَيْنَتُكَ

الريحانة الثانية عشر :
حَمْدَانُ قَلْبِي لكَ عَرِينٌ وَعُش

أَلَا إِنَّ حُبَّكَ لُغْزٌ عَلَى صَـــــ
ـفَحَاتِ فَؤَادِي كَثِيرُ النُّقُوشِ

فَحَمْدَانُ عُمْرِي، وَكَمْ مِنْ حَبِيبٍ
لِأَجْلِ حَبِيبٍ تَحَدَّى عُرُوشِ

حَبِيبِي جَمِيلٌ وَشَابٌ نَبِيـــــلٌ

جَمِيلُ العُيُونِ بِوَجْهٍ بَشُوشٍ

إِذَا أَنْصَفَتْنَا الحَيَاةُ، إِذَا إِلْـــــــ

ـتَقَيْنَا، فَيَا حُبُّ هَلْ تَنْتَعِشْ؟

غَرَامِي، أَعُمْرِي وَأَمْرِي لَـــــــهُ

وَقَلْبِي لِحُبِّي عَرِينٌ وَعُشْ

وِدَادِي كَخَيْلٍ جَمُوحٍ وَلَا يَنْهَـــ

ـزِمْ.. لَا، أَيَا عِشْقُ هَلْ تَنْدَهِشْ؟

فَفِي كُلِّ مَرَّهْ، رَأَيْتُ البَنَـــــاتَ

قَرِيبًا لَكِ، القَلْـــــبُ جُنَّ بِطَيْشٍ

أَرَانِي أَخَافُ، هُنَا قَلَقٌ يَعْتَـــــرُ

يِنِي، تَسَاءَلْتُ هَلْ قَدْ أَعِيشُ؟

أَظُنَّ.. أَكَادُ أُجَنُّ، فَوَيْلِـــــي ..

رَأَيْتُ البَنَاتَ كَسِرْبِ وُحُــــوشٍ

وَبَعْدَ قَلِيلٍ، وَلَوْ بُرْهَةً أُجَـــــنُّ،

أَحِــــنُّ.. حَنِينِي وَشَوْقَ الوَحَشْ

حِكَايَةُ حُبِّي، فَفَوْقَ جُسُـــورْ

كِ يَا لَنْـدَنُ الْحُـبُّ عِشْقٌ نُقِشْ

رِوَايَةُ عِشْقِي أَ حَمْدَانُ لَـــكِ

غَرَامٌ مَصُـونٌ وَبَيْنَ الرُّمُـوشْ

فَحَمْدَانُ خُلْدِي وَسُلْطَانُ رُوحِي

هُيَـــامُ الهوا جنّــةٌ تَنْفَـــرِشْ

كَيَانِي حَضَرْتُ مِنَ المُسْتَحِيلِ

شُعُورِي وَيَـا صِدْقُ هَلْ تَرْتَعِشْ؟

غَرَامِي كَسَيْفٍ بِحَدِّ الحَـــلَالِ

بِمَـدٍّ وَجَـزْرٍ، وَلَا يَنْخَـــدِشْ

وَإِنْ لَمْ تُرَاعِــي وَلَـمْ تَتَّعِظْ

حَبِيبَـــةُ رُومِيُـو بِسُمٍ دُهِــشْ

عِشْقِي حَمْدَانِي وَرَيْحَانِي

جُمَيْنَتُكَ

الريحانة الثالثة عشر:

حمدان الصَيَّاد

فَإِكْتَحَلْتَ بِرُمُوشِي حَبِيبِــــــي

وَضَعْتَ وُرُودَ خَدِّكَ فَوْقَ خَدِّي

فَيَا تَاجِي وَيَا شَالِي، عُرُوقِــــي

دَمِــــي، يَا جِنَّتِــــي عَلَى يَدِي

أَصيَّادُ الأَرَانِبِ هَلْ يَجُـــوزُ ..

لَكَ الإيقَاعُ بِي؟ .. رِفْقًا .. فُؤَادِي

أَصيَّادُ الظِّبَاءِ أَلَا يَحِـــــنُّ ..

قُلَيْبُـــكَ؟ ثَاقِبُ النَّظْرَةِ .. المُرَادِ

وَلَيْلٌ وَالسَّهَرْ .. نَارُ الجَـــوَى

فَجَمْرٌ، نَـــارُ عِشْقٍ وَسُهَـــــادُ

أَعيْنِي تَسْهَرِينَ لِلْحَبِيــــبِ

فَهَلْ يَأْتِي حَبِيبِـــي رُقَـــادُ؟

فَوَيْلِي مِنْ بُعَادٍ كَمَـــا مِـــنْ

حَبِيبٍ لَمْ يَذُقْ طَعْمَ السُّهَـــــادِ

هَا ذِرَاعَكَ هَاتِهَا لِي وِسَـــــادُ

دَعْنِ أَغْطَسْ عَالَمَكْ فَالشَّوْقُ وَقَّادْ

فَمَالَكَ يَا جَمِيلَ الصُّقُـــــورِ؟

فَخَيْرُ الصَّيْدِ قَلْبٌ يَـــــا وِدَادُ

وَخَيْرُ الشَّبَابِ فَـــــارِسٌ

شُجَـــاعٌ، مُقْبِلٌ، وَالحُسْـــنُ زَادُ

فَيُرْبِكُنِي وَيُرْبِكُ العُيُـــــونَ

أَمِيرُ بِحَارَ وَجْدِي والجَـــــوادُ

زِينَتِي وَتَاجِي حَمْدَانْ

إِثْمُدُ فِي عُيُونِي يَا أَغْلَى إِنْسَانْ

الريحانة الرابعة عشر:
حبيبي حمدان يا أنا

حَبِيبِي أَنَا يَا أَنَا
وُجُودِي، خُلُودِي، غَدِي وَالفَنَا

طُمُوحِي وَرُوحِي، سَمَا الأَرْضُ أَرْضٌ سَمَا

***

القِمَّةُ حَتَّى السَّمَا، وَتَوَاضُعْ كَالأَنْبِيَا
وَالأَنَا

يَا أَنَا

يَا أَنْتَ أَنَا

جَنَّتِي وَالهَنَا

يَا ثِمَارَ الوَلَهْ

أَزْهَارُ الحُبِّ وَوَرْدَ العُلَا

يَا فَاكِهَةَ العُمْرِ تَحْرِيمُهَا

مُضْغَةُ القَلْبِ وَالنَّبْضُ أَغْلَى غَلَا

الجَمَالُ وَسِرُّ الحَلَا

مَوْلِدِي، نَفَسٌ يَا هَوَا

وَالهَمُّ إِذَا اخْتَفَى يَوْمًا فَانْجَلَى

وَالبَدْرُ إِذَا البَدْرُ لَيْلًا بَدَا

الغُرُورُ، الأَنَاقَةُ فِي كَلِمَاتِي، البَلْسَمُ خَيْرُ دَوَا

الدُّعَاءُ وَهَرْوَلَتِي يَا صَفَا

وَالمَرْوَةَ يَا لَهْفَتِي وَالعَطَشْ.. أَيْنَ حَمْدَانُ زَمْزَمُ مَا؟

يَا هَاجَرُ.. لَا.. لَا .. لِلْهَجْرِ لَا

وَا زَمَانِي .. وَا شَوْقَأه لِحُضْنِكَ يَا

يَا حَبِيبِي يَا حَمْدَانِي حُضْنُ الدَّفَا

أَهِيمُ الصَّحَارِي، أَعَلِّي أُلَاقِي حَبِيبِي وَقَلْبِي لِشَطْرِ النَّوَا
وَحَمْدَانُ أَيْنَ أَيَا أُمَّنَا؟
أُجِيبِ بِغَيْثٍ.. أَحَوَّا
جِنَانِي وَفِرْدَوسُ.. حَمْدَانُ ظَمْآ رَوَا

حَمْدَانُ المُنَى جُمَيِنَتُكَ أَنَا

الريحانة الخامسة عشر:

حَمْدَانُ الجَمَالْ حَدَّ الكَمَال

يَا زِينْ الثُوبْ، الغُتْرَهْ وَ العِقَالْ

يَا قَاهِرَ الشَّبَاب..

يَا سَيِّدَ الرِّجَالْ

يَا رَمْزَ الفُتُوَّةِ وَعِزَّ الأَجْيَالْ

حمدانُ الحُبُّ لَكْ وَالغَرَامُ وَالدَّلَالْ

أُحِبُّكَ بِهُدُوئِكَ، وَ أُحِبُّكَ وَقْتَ الإِنْفِعَالْ

أُحِبُّكَ طَيْرًا فِي السَّمَاءِ، أُحِبُّكَ مُتَسَلِّقًا لِلْجِبَالْ

حُبُّكَ يَزِيدُ قُوَّتِي وُيكَسِّرُ كُلَّ الأَغْلَالْ

حَمْدَانْ يَا سِرَّ الزِينْ، أَيُّهَا الغَرَامُ الحَلَالْ

رَمْزُ عِشْقِكَ خَيْطُ الرُّوحِ يُزَيِّنْ جَبِينِي، وَفِي رِجْلِي خِلْخَالْ

حَمْدَانْ يَا مَالِكَ المُقَلْ، يَا مُنْصِفَ الجَمَالْ

حَمْدَانْ يَا صَافِيَّ العَسَلْ، يَا حَدَّ الكَمَالْ

حَمْدَانْ الحُسْنُ فِيكَ حَارْ يَا بَرَاءَةَ الأَطْفَالْ

حَمْدَانْ يَا سَيِّدِي وَصَاحِبِي بِالحَلَالْ

يَا ذَابِلَ الرّمْشِ يَا جَمَالَ العُيُونِ بِالإِكْتِحَالْ

حَمْدَانُ أَنْتَ وِجْهَتِي، مُسْتَقَرِّي وَالتِّرْحَالْ

أَمْشِي إِلَيْكَ آلَافَ الأَمْيَالِ، أَتَحَدَّى الصَّحْرَاءَ وَالزِّلْزَالْ

يَا وَاحَتِي وَالجَدْوَلْ وَعِزَّ الآمَالْ

حَمْدَانُ القَلْبُ لَكَ رَسُولٌ هَارِبٌ مِنَ الاحْتِلَالْ

وَالجَسَدُ يُنَاجِيكَ، وَيَنْتَظِرُكَ مُخْلِصًا فِي سَاحَةِ النِّزَالْ

حَمْدَانُ جُمَيْنَتُكَ تُحِبُّكَ وَاقِعًا وَأَجْمَلَ خَيَالْ

يَا انْتِظَارِي لَكَ، سَاعَاتٍ.. سَاعَاتٌ، بِمُعَادَلَاتٍ وَدَوَالْ

يَا طُولَ البَالْ..

وَيَا صُعُوبَةَ الحَالْ

يَا صَبْرَكَ يَا أَيُّوبْ، وَيَا صَبْرَكَ يَا هِلَالْ

صُمُودُكَ يَا أُحُدْ، وَيَا صُمُودُكِ يَا جِبَالْ

وَيَا ضُعْفَكَ يَا إِنْسَان فِي صُعُوبَةِ الحَالْ

يَا قَلْبِي وَحُبَّهُ الحَلَالْ

يَا أَيَّامُ وَيَا أَحْوَالْ

وَيَا حَالْ

صَعْبٌ بِإِهْمَالْ

أَيْنَ أَنْتَ يَا حُبُّ يَا دَلَالْ؟

أَيْنَ أَنْتَ يَا حَمْدَانُ يَا جَوَّالُ يَا رَحَّالْ؟

أَيْنَ أَنْتَ يَا مُغَامِرُ يَا زِئْبَقُ زُلَالْ؟

أَيْنَ أَرَاضِيكَ؟

غَابَاتٌ، سَمَاءٌ، أَوْ جِبَالْ

غَابَاتٌ مَطِيرَة الجَوُّ فِيهَا بِاعْتِدَالْ

أو سُهُولٌ خَطِيرَةٌ وَأَنْهَارُ وَشَلَّالْ

أَمَاكِنُ حَبِيبِي فِيهَا بِكَ يَصْعُبُ الاتِّصَالْ

مَخَاطِرُ حَبِيبِي تُثِيرُ الجِدَالْ

أَوْ بِحَارٌ تُنَادِيكَ فِي كُلِّ الأَحْوَالْ ؟

عُيُونِي عَلَى البَابْ..

تَتَرَقَّبُ دُخُولَكَ بِلَا سُؤَالْ

وَالقَلْبُ حَائِرٌ كَشَاشَةِ هَاتِفٍ نَقَّالْ

وَالسَّنَوَاتُ كَقَافِلَةَ جِمَالْ

وَفِي الهَوْدَج أَمِيرَةُ التِّلَالْ

وَالنِّسَاءُ حَوْلَكَ كَأَخْطَار الصَّحْرَاءِ كَعَزْفِ الجِنِّ تَحَرُّكِ

الرِّمَالْ

وَلَا صَبْرَ لِي عَلَيْهِنَّ وَلَا احْتِمَالْ

أَرَى النَّوَايَا فِي عُيُونِهِنَّ تَخْتَلِفُ بِتِعْدَادِ الأَجْيَالْ

وَأَنَا أُرَاقِبُهُنَّ كَظَبْيَةٍ مُخْتَبِئَةٍ فِي أَعْلَى التِّلَالْ

حُورِيَّةُ البِحَارِ فِي أَعْمَاقِ البِحَارْ كَكُنُوزِ الجَانْ بَاهِي الجَمَالْ

لَا تَرْصِدُهَا حَتَّى عَدَسَةُ المُكْتَشِفِ الجَوَّالْ

فَيَا مُقْتَفِي الأَثَرْ، وَيَا مُحِبَّ السَّفَرْ.. رِفْقًا بِعُيُونِ الغَزَالْ

حَمْدَانْ يَا دُرَّة الرِّجَالْ * جُمَيْنَتُكَ رَهِينَةُ الحَالْ

الريحانة السادسة عشر:

حمدان يا حضارة الغرام

حمدانُ يا أميرَ المدينةِ الحسامُ

حمدانُ يَا حَبِيبِي ..

موعدنا حمدانُ الليلة في الأحلامِ

سوف أزورك الليلة في المنام يا سيّد الشِّهام

فهل تستقبلها أسيرة الغرام؟

هَذِهِ حُورِيَّتُكَ الَّتِي كَانَتْ وَرْدَةَ القَمَرِ يَا حَمْدَانُ لَا تَنَامُ

واليوم تستيقظُ لكُ حوريةٌ أيقظها الهيام

وَعَنْ بَاقِي البَشَرْ عُيُونُهَا مُغْمَضَةٌ وَفِي تَنَاغُمٍ وَانْسِجَامٍ

جُمينه ..

حُورِيَّةُ البَحْرِ الَّتِي تَرَى قَلْبَهَا لكُ كَسِرْبِ الحَمَامِ

حُبٌّ وَقَلْبٌ يَتْبَعُكَ في سِرٍّ، سلمٍ وإكتتام

قلب أضناه البعد عامًا بالبُعْدِ بَعْدَ عَامٍ

حمدان ..

وقد أصبحت اليوم العمدة.. أميرَ المدينهْ أصْبَحْتَ هَذَا العَامُ

وكل الصبايا يَرْمِينَكْ بالنّظرات الرّاغبه سِهَامٌ

فَهَلْ تُقَابِلُ الإشَارَاتَ بِإعْرَاضٍ أو ابْتِسَامٍ؟

وَيْلِي ..وَيَا .. يَا لَوْعَتِي ..

وَيْلُ جُمَيْنَهْ مِنَ سِهَامٍ، ابْتِسَامٍ.. كَمَا مِنَ الهُيَامِ ..

أَمِيرِي وَسُلْطَانِي حَمْدَانِي

زَاوِيَةُ عِشْقِي وَمَعْبَدِي

حُورِيَّتُكَ

الريحانة السابعة عشر:
حَمْدَان رُوحِي تضمَّكْ

حَمْدَانُ يَا مَلَاكْ

مَا أُرُومْ أَعِيشْ مِنْ دُونِكْ ..

وَلَا أَقْدَرْ أَتْنَفَّسْ إِلَّا هَوَاكْ ..

حَبِيبِي أَنَا مَا أَلُومَكْ

بَسْ آشْرَهْ عَلَى شُوفِتِكْ

.. وَأْتْرَيَّاكْ

إِشْحَالِكْ؟

عَسَاكْ بِخِيرْ .. يَا حِبِّي يَا مَلَاكْ

بَرَمْسِكْ رَمْسَهْ يَالِيتِكْ

تِسْمَعْهَا وتِعِيهَا .. أُرِيدْ الحَيَاةْ وِيَّاكْ،

فَهَلْ إِنْتَ تِبِيهَا؟ .. أَبْغَاكْ

أَبْغَاكْ حَقِيقَة مُو شِذْبَهْ وَنِنْسَاهَا .. دِخِيلَكْ

دِخِيلَكْ لَا تِرِدْنِي وَأَنَا وَاقْفَهْ عَلَى بَابِكْ

يَا لِيتْنِي رَسْمِة الذَّقِنْ دَايِرْ شِفَاهِكْ

يَا لِيتْنِي أَهْدَابَ العِينْ، أَهْدَابَكْ

أَهْدَابٍ تِسَكِّرْهَا تِزِيدْ حَلَاوَتْهَا وسُكَّرْهَا..آه يَا رِمْش العِين وَرَاعِيكْ

أَهْدَابٍ تِفَتِّحْهَا لاسْتِقْبَال الصُّبُحْ يَا صَبَاحِي، وصَبَاحِكْ تِسْتَقْبِلِ الفَجْر السَّعِيدْ، تِسْتَقْبِلْنِي بِدِفْءٍ وحَنِينْ، يَا مَحْلَى صَبَاحِكْ

أَغَارْ عَلِيكْ مِنْ رَزِّةْ شِمَاغِكْ

أَغَارْ عَلِيكْ مِن الغِتْرَهْ لِأَنَّهَا تَمْتِلِكْ تَاءْ التَّأنِيثْ عَلَى لِسَانِكْ

وإِنْتَ تِشُوفْهَا بِعِين الأَنَاقَهْ وَالزِّين وَتِغْرِقْهَا بِنَظْرَاتِكْ

يَا لِيتْنِي رَسْمَةِ الذَّقِنْ عَلَى حَرِيرِ الوَجْنِتِينْ.. حُمْرَةْ خُدُودَكْ

يَا لِيتْنِي الرِّمْش الطَّوِيلْ أَوْ نَاعِسِ الجِفْنِينْ، فَرْحَةْ عُيُونَكْ

يَا لِيتْنِي يَا حَبِيبِي مَايْ العِينْ.. أَسْقِي عُطُوشَكْ

يَا لِيتْنِي جَوَّالِكْ اللِّي تِقَلِّبَهْ بِاللِّيلْ دُومْ حُولَكْ

يَا

لِيتِنِي صُورَةٍ تِجْعَلَكْ تِبْتَسِمْ حِيلْ.. دقَّاتْ خُفُوُقَكْ

يَا لَحْنِي وَعَزْفِي وَغِنَائِي
يَا صَوْتِي الشَّادِي لَكْ
تَرَانِيمُ حُورِيَّةُ حَمْدَانْ

الريحانة الثامنة عشر:
قَلْبُكَ يَا حَمْدَانْ يَا فِرْدَوْسُ الجَنَّاتْ

حَمْدَانُ تَاجُ الوَرْدِ.. يَا ذَاتِـــي
أَيَا كَيَانِي أَنْتَ ذَاتُ الحَيَـــــاةِ

حَرْفِي، حُرُوفُ الحُبِّ يَا لُغَتِي
وَقَلَمِي الوَرِيدُ كُلَّ اللُّغَـــــاتِ

يُجِيدُهَا، يَأْتِيكَ بِي .. بِدَمِــــي

دُنْيَا البَشَرْ أُسْطُورَةٌ أَنْـــوَرَتْ

صِدْقٌ تَدَفَّقَ كَإِشْـــــــــرَاقٍ

حُبٌّ.. عُرُوقِي إنَّهَا أَشْرَقَـــتْ

لَا بَوْحُ لَا.. صَبْرًا.. فَمَا أَجْنِي؟

يَـــا مَرْيمُ العَذْرَاءُ صَبْرًا جَنَتْ

بَيْنَ الحَنَايَا لَك بَيْتًا أَقَمـــــتْ

يَا سَاكِنَ الوِجْدَانِ عَمَّرْتَ بَيْتْ

جَنَّةَ قَلْبِي أَزْهَرَتْ سَاحِـــرَهْ

وَالسِّحْرُ فِي وَرْدِي قُطُوفٌ دَنَتْ

دَنَتْ لَك العَدَنُ ثُمَّ اخْتَفَـــــتْ

أَقَاطِفُ الوَرْدِ الأَمِيرُ.. هَلْ بَدَتْ؟

لَا لَنْ يَرَاهَا جَنَّتِي بَشَـــــرٌ

غَيْرُكَ مَهْمَا صَارَ.. لَوْ كَانَ مَاتْ

حُرُوفِي مِحْرَابِي وَحَمْدَانُ تَرْتِيلِي

يَا اعْتِكَافِي وَاعْتِرَافِي ... الجُمَيْنَة

الريحانة التاسعة عشر:
حمدانُ حُلْوَ العَسَلْ يا حُلُو

خَمْرُ اللّسَانِ حُـــــلْوٌ، عِقْدُ العِنَـــــب

حَمْدَانُ يَا.. يَا حُلْوَ العَسَلْ يَا حُلُـــو

يَا شَاعِرِي.. يَا زِرْيَابُ، لَحْنَ الطَّرَب

يَا مُمْتَنِع.. لَا سَهْلٌ.. وَصَعْبَ النَّحُو

حَامِي ثِمَارِي، أرْضِي، وَشَهْدُ الرُّطَب

حَمْدَانُ يَا رُوحِي لِلوُرُودِ الزَّهَـــو

شَهَامَةٌ وَبَأْسٌ حـــــرُّ العَـــــرَب

نَغْمَةٌ لِقَلْبِي حَمْدَانْ سُكْرٌ صَحُـــو

أصِيلُ نَبْعٍ فَاخِرٍ عَرِيـــقُ النَّسَـــب

يا جَوْهَرِي حَمْدَانِي شُمُوخٌ عُلُـــو

غَيَّارَةٌ لوْ مِن ظِلِّي .. مَالِـــــي سَبَب

كُـــلُّ مؤنّثٍ لي عَـــــدُو

شَهْدُ العَسَلْ، رِيقُ العَذْبِ، حَسَنُ الأَدَب

ظبيٌ حليـــمٌ صقرٌ سريعُ العَفُـــو

دُرُّ المَعَانِيَّا، صَــــافِيَّ الذَّهَـــــــب

نارٌ لَهَبْ، لبُّ اللُّبِّ شوقٌ غَـــــزُو

تَاجِي وَمَاسِي عِقْدِي سُمُوُّ اللَّقَـــب

بَعْضِي وَكُلِّي وَالرُّوحُ فخْرٌ سُمُـــو

جُمَينَتُكَ عَاشِقَتُكَ

آخِر أَمِيرَة مِنْ مَمْلَكَة الرَّيْحَانْ

الريحانة العشرون:
حمدانُ يَا حِبْرَ البَحْرِ وَنَزِيفَ الأَقْلَامْ

يَا حَبِيبِي يَا حَمْدَانُ قَلْبِي يُسائِلُ

أَإِنْتِصَارٌ؟.. أَهْلُ الهَوَا.. أَمْ أَلَامُ؟

يَا قُلَيْبِي حَمْدَانُ آتٍ حَبِيـــــبٌ

كُنْ رَحِيماً.. يَا سَاهِرًا لَا تَنَـــامُ

180

يَا زَمَانِي حُبِّي كَبِيرٌ، عَجِيبُ

يَا حَمَامِي قَلْبِي صَغِيرٌ يُـــلَامُ

يَا بِحَـــارِي اسْتَقْبِلِي مَعْبَـــدِي

نَارُ جِسْمِي.. حُورِيَّةُ البَحْرِ الغَرَامُ

أَطْفِئِي نَارِي.. أَطْفِئِي هَجْرَ رُوحِي

إِنْ حَبِيبِي لَمْ يَأْتِ هَا أَنَا رُخَـــامُ

جِسْمِي كَانَ المَعْبَدَ.. النَّجْوَى يَا

مُهْجَتِي فِيهِ الـــرُّوحُ لَا أَوْهَـــامُ

مَالِ لِلْحُبِّ مِنْ سَبَبْ.. يَا تَرَانِيمِي

نَغْمَةَ الحُبِّ العَازِفَـــــهْ أَنْغَـــامُ

هَلْ يُضَامُ المُحِبُّ إِنْ هُوَّ هَـــامَ؟

أَيْ.. نَعَمْ، مَنْ لَمْ يَفْقَهِ الحُبَّ ضَـــامَ

حَمْدَانُ آيَةُ الجَمَالِ يَا بْنَ آدَمْ

بَشَرِيَّةٌ مِنْ أَجْلِكَ أو رُخَامْ

بداية العشق

قرأ حمدانُ كُلَّ الرسائل فأحس بحبِّ "جُمَيْنَة" لَهُ
وَالتِّي لا تريد شيئا في الدنيا إلا حُبَّهُ ..
جَلَسَ قَليلا محتارًا وخائفًا بعض الشيء ومترددًا ..
ولكن قلبه كان يدق بنبضاتٍ غير مُتَرَاتِبَةٍ .. فكانت
دقات قلبه بين السريعة جدا وأحيانا ينخفض نبضه
وكأنه سيقع مُغْمًا عليه ..
أهذا الحب أم أنه أحس بحبها ؟
أو أن قلبه وقع في الحب أيضا ؟

تساءل وخاف مما سيجده داخل الصدفة، هل سيجد أميرة جميلة أم تمثالا من زمرد؟ .. من شدة خوفه على ابنة خالته.. ومن الحب الذي أحسه في قلبه ..

قرر حمدانُ أن يفتح الصدفة، فحاول معتقدا أنّها سَوْفَ تُفْتَحُ بكل سهولة، أو بمجرد أن يرفع الغطاء، ولكن من دون أية جدوى، اشْتَدَّ غضبه لعدم انفتاح الصدفة ..

أصبح حمدان أكثر غضبا بمرور اللحظات ..

حاول بكل الحيل، بمطرقةٍ، وعصا، ويديه العاريتين ..

حتى أصبح العرق يتصبب من جبينه..

جلس منهكا، تعبانا وخَائِرَ القوى، وأَسْنَدَ ظهره إلى الصدفة العملاقة، ثم أخذَ يقلب الأوراق، وَيَحُكُّ رَأسه، يكاد يقطّع شعره .. آه .. يتنهد في حيرة، يفكر والحيرة تملأ كيانه، ويحسُّ بالعجز، ولا يعرف كيف يتصرّف أو ماذا عليه أن يفعل ؟

راح ينادي: والدتي ماذا افعل ؟ .. أحتاج المساعدة يا أمي.

ثم سمع أصوات الدلافين من بعيد.. ثمّ جاء على مدخل الكهف عصفوران صغيران وكأنهما في الغرام يتغازلان، كل منهما يلحق بالآخر أو يهرب منه فيلحقه الآخر.

رأى الحب بين المحبين بين جذبٍ وشدٍ، بين مدِّ وجَزرٍ، أخذٍ وعطاءٍ، فانْتَبَهَ أَنَّ حُبَّ "جُمَيْنَةَ" هو حُبٌّ مِنْ طَرَفٍ وَاحِدٍ، وأنَّ حَيَاتَهَا تَعْتَمْدُ عَلَى وَعْدِه لَهَا بِالحُبِّ ..

والدُّمُوعُ تَنْهَمِرُ مِنْ عَيْنَيْهِ.. رَاحَ يَقُّولَ:

"جُمَيْنَة" أَرجوكِ، لا تتركيني، فأنا من سوف يبقى وحيدا بعدك، يا وعد أمي لي بالحب، يا حبيبة هذا القلب الحزين الوحيد .. المكسور من الدنيا .. فالجميع قد هجرني وفارقني .. حتى فرسي "حمدات" قد تركتني لوحدي

أرجوكِ يا "جُمَيْنَة" استيقظي ..

أرجوكِ ارجعي لي ..

أعدك بالحب والإخلاص

أعدك بان لا أخونك، أنا لك طول العمر مهما كان

قصيرا أو طويل..

افتحي عيونك كما فتحتي لي قلبك ..

بينا كان حمدان يبكي بحرقةٍ، ويقلِّبُ الأوراق

ورسائل "جُمَيْنَة" له، وذلك الصقر جامد على أعلى

الصندوق لا يتحرك، أحس حمدان بشيء وراء ظهره

إنَّها الصدفة تَنْفَتِحُ بهدوءٍ لوحدها .

انْفَتَحَت الصدفة، انتفض حمدان وتراجع بضع

خطوات إلى الوراء، والتفت إلى الصندوق والصدفة

التي كان يسند ظهره عليها ..

وإذا بالصدفة تُفْتَحُ على منظرٍ يَسْلُبُ العقل.. ما

هذا إنها حورية بحق.. حورية بحرٍ فائقة الجمال، وجه

أبيض والورد على الخدود.. والرموش طويلة تضرب

على الخد، واليدين بشرة ناعمة وسادة للخد، والجسد

نصف امرأة جذابة والنصف هدية من عمق البحار،

الذنب الزمردي كحجرٍ كريستال لمَّاعٍ وشفَّاف،

والزعنفة كطبقة سماء خفيفة مع سحب توشك أن

تضرب فتقسم الأرض نصفين ..

بعد تَأَمُلِ حمدان للحورية "جُمَيْنَة" دون أن يدرك

بنظرة استكشافية، لا إرادية، عاد لينتبه إلى الشعر

الحرير، الشعر الطويل .. يا الهي حقيقة أم خيال؟

وكأنه شعر الفرس "حمدات" طويل أبيض أشقر أحمر

..

نار في البحر فهل يلتقيان ... وزبد يحيط بالوجه

ورموش النار على الخدان ..

ولكن الغريب أن الحورية تغط في نوم عميق،

وكأنها مرتاحة في نومها كأنها ملاك يسرح مع

الملائكة ..

اقترب منها حابيا ليصبح بجانبها ويضع يده على

رأسها ويقول :

أما حان وقت الاستيقاظ يا "جُمَيْنَة"؟.. أمَا اكتفيتِ من

النوم؟ فالنوم لن يكتفي من جمالك الخلاب ..

استيقظي يا "جُمَيْنَة" يا حبيبة حمدان.. استيقظي يا حبيبة القلب، يا عزف الناي والمطر يا حب اللؤلؤ والمرجان..

سقطت من عيون "جُمَيْنَة" دَمَعَاتٌ، ما إن فاتت الرمش

حتى أصبحت حبَّاتُ لؤلؤ تناثرت على الأرض..

وراح الجمال الناعس يفتح الأجفان، والعسل يتحرك على الشفاه، والخدُّ يتحرك كأنه يغار من الورد الذي عليه.. رفعت الأَذْرُعَ، واستقبلت الحياة، وكأنها تستقبل أول لحظات الصباح والفجر السعيد..

وفتحت العينين لترى حمدان الوسيم أمامها جالسٌ
مبهورٌ بجمالها فنطق وقال :
"جُمَيْنَة" يا
ابنة الخالة
أنا حمدان
حبيبك
الموعود،
أنا وعد
الزمان، أنا
حبُّكِ الذي
كنت
تنتظرينه..
أعدك يا
حبيبتي بان أُحِبَّكِ.. أحِبَّكِ إلى الأبد، ولن أخونك يوما،
أنت حبيبتي وزوجتي..
بينما كان حمدانُ يتكلم حتى انبعث شعاع بارق
وضياء ملأ المكان من الجُمينة والصدفة العملاقة،

رجع حمدانُ إلى الوراءِ وسقط على يديه بعد أن كان جالسا..

وإذا بالأميرة الجميلة تتحول من حورية جالسة في الصدفة، بزعنفة زمردية إلى فتاة غاية في الجمال، واقفة على رجلين بشريتين، فتاة تلبس فستانا بين وردي وأبيض يصل إلى منتصف الساق، والشعر الأحمر يكاد يعادل طول الفستان.. بجمال الحورية وجسم البشرية..

أعجب حمدانُ بها من جديد، وقد ولدت اليوم كبشرية من أَجْلِهِ.. لم تكن "جُمَيْنَة" تُتْقِنُ الوُقُوف بِاتِّزَانٍ،

فنطقت اسمه قائلة :

حمدان.. ولم تكمل الاسم حتى اختل توازنها، وكادت تسقط على الأرض، ولكن حمدان أمسك بها وحملها بين ذراعية..

أخذها عَلَى صَهْوَةِ حِصَانِه "حمجان" وانطلق بعروسه إلى المزرعة.. ونَسِيَّ كُلَّ الأحزان وبدأت حياتهما بالسعادة والأفراح التي شارك فيها كل سكان المدينة.

حَمْدَانُ يا قَدَرِي

أَنْتَ الإِثْمِدُ وَمَا أَعَزُّ لَكَ مَكَانًا مِنْ جِفْنِي

أَغْمَضْتُ عَلَيْكَ الجِفْنَ .. فَلَا تُغَادِرْ رِمْشِي

أَمْشِي إِلَيْكَ مَسَافَاتٍ، وَكَأَنَّنِي لَا أَمْشِي

لِأَصِلَكَ أَيُّهَا الإِثْمِدُ وَلَكِنَّكَ بَاقٍ فِي جِفْنِي

أَيَا قَارُورَة الإِثْمِدِ لَا تَبْتَعِدِي ..

فَحَبِيبِي يُحِبُّ الإِثْمِدَ فِي عُيُونِي وَمَدْمَعِي

حَبِيبِي زَيِّن صَبَاحِي بِصَبَاحِكَ .. أَنِرْ عُيُونِي وَفِيهَا

ارْتَع

شَقْرَاءُ وَإِنْ قَالُوا شَقْرَاءُ فَأَنْتَ حَبِيبِي دَمٌّ لَا يُرَاقُ

أُشْفِقُ عَلَى النَّاسِ إِنْ أَغْمَضُوا جُفُونَهُمْ ..

وَإِنْ أَغْمَضْتُ عَيْنَيَّا أَرَاكَ أَمَامِي بَرَّاقُ

أَبْصَرْتُكَ فَجْرًا مِنْ بَعِيدٍ .. وَالنَّاسُ نِيَّامٌ فِي الخِيَّامِ ..

وَأَنَا كَطَائِرِ عِشْقٍ وَحِيد .. فَهَلْ يَعِيشُ وَحِيدًا اليَمَامُ أَوْ

الحَمَامُ؟

قَلْبُ جُمَينَة يَخْفِقُ بِحَمْدَان

مُنْذُ فَجْرِ نَفَخِ الرُّوحْ حَتَى

الغَسَقِ الأَخِيرْ

Sommaire

www.ingramcontent.com/pod-product-compliance
Lightning Source LLC
Chambersburg PA
CBHW021440150726
47989CB00001B/317